Mein Vaterland ist tot
Sie haben es begraben
im Feuer

Ich lebe
in meinem Mutterland
Wort

Rose Ausländer

Konya
Türkei
Antalya
Zypern
Mittelmeer
Haifa
Tel Aviv
Wes
Jerus
Gazastreifen
Alexandria
Israel
Ägypten

Tigris
Mashuq
Gaziantep
Derbessie
Qamischli
Al Hasaka
Assadsee
Aleppo
Euphrat
Idlib
Tabaka
Syrien
Homs
Palmyra
Libanon
ut
Duma
Damaskus
Irak
Amman
d
Saudi-Arabien
Jordanien

Inhalt

Katrin Seglitz

Die Grenzen unserer Wahrnehmung

Sie leben in Ravensburg, Meckenbeuren und Friedrichshafen, sie laufen über den Marienplatz und schlendern an der Uferpromenade entlang, sie kaufen ein Eis und schauen über den Bodensee, sie besuchen Integrationskurse und ihre Kinder die Schule. Seit drei Jahren sind sie unsere Mitbürgerinnen und Mitbürger, und doch wissen wir oft nur wenig von ihnen. 2015 befragte ich Flüchtlinge im Bodenseekreis nach den Gründen ihrer Flucht und nach ihren Erfahrungen bei der Ankunft in Deutschland. Die Interviews waren Teil der Ausstellung „Neu(seh)land. Geschichten von Flucht und Ankunft" in der Kreisgalerie Meersburg von März bis Mai 2016.

Im Februar 2017 unterrichtete ich Deutsch in einem B2-Sprachkurs in Ravensburg. Die meisten der 24 Teilnehmer – eine Frau war dabei – kamen aus Syrien und sprachen schon ganz gut Deutsch. Sie sollten eine kurze Präsentation machen, das gehörte zum Lehrplan. Im Buch stand ein Text über Magritte, daneben war eins seiner Bilder: ein Zimmer, dessen Wand sich auflöst und Himmel wird.

Wir sprachen über den Surrealismus, wir sprachen über die Alltagsgegenstände, die das Zimmer beherrschen, und darüber, unter welchen Bedingungen sich die Grenzen unserer Wahrnehmung verschieben.

Dersim machte eine Präsentation über den Zusammenhang von Surrealismus und Sufismus, inspiriert von einem Essay des syrischen Schriftstellers Adonis. „Sufismus" komme von „safar", was auf Arabisch „Klarheit" bedeute. Zur Wortfamilie gehöre „sophia", das griechische Wort für „Weisheit". Sowohl Sufis wie Surrealisten wollen die Grenzen unserer Wahrneh-

mung erweitern, der Unterschied: die einen suchen Gott, die anderen nicht. Dersim öffnete in wenigen Sätzen den Horizont, zeigte Verbindungen zwischen unterschiedlichen Sprachen und Kulturen auf, seine Präsentation war grenzüberschreitend im besten Sinn.
Mohamed begann seine Präsentation über Aleppo mit den Worten: „Meine traurige Heimat war das schönste Land der Welt. Jetzt ist es das Unglücklichste." Er hat Französisch studiert und trainierte jeden Tag Fußball. Er war auf dem besten Weg, Profifußballer zu werden, als der Krieg begann – ein Traum, von dem er sich verabschieden musste.
Khaled und Yusuf waren die jüngsten im Kurs, noch unter zwanzig. Sie saßen nebeneinander, Khaled klein und drahtig, Yusuf lang und dünn, meistens gut gelaunt und aufgelegt zu Scherzen. Als ich sie zufällig in der Stadt traf, fragte Yusuf: „Sitzen ein Schwarzer, ein Araber und ein Türke in einem Auto. Wer fährt?"
Ich überlegte. „Keine Ahnung."
Er: „Ein Polizist."
Khaled erzählte, warum der Mittwoch ein besonderer Tag in Homs ist. Er sprach vom Humor seiner Bewohner, von ihrem Widerstand gegen die Mongolen im 13. Jahrhundert und von der Belagerung durch Assads Armee. Er zeigte mir ein Foto, auf dem er auf dem Boden hockt mit einer kleinen grünen Pflanze in der Hand: „Das habe ich gegessen, als wir hungerten in Homs, als es nichts mehr zu essen gab."
Yusuf erzählte von den Mayas und ihrer Kultur. Als die Revolution 2011 begann, hat er seinen besten Freund verloren, er wurde von einem Scharfschützen Assads in den Straßen von Damaskus erschossen. Aber davon erfuhr ich erst später.
Es war wie auf dem Bild von Magritte: im Verlauf der Präsentationen lösten sich die Wände des Unterrichtsraums auf, und der Blick, der vom Alltag gefangen ist und sich in den Vordergrund drängt wie die Gegenstände, die wir täglich

benützen, öffnete sich auf eine andere Welt, auf verstörende, verletzende, verheerende Erfahrungen – aber auch auf die Geschichte Syriens, auf philosophische Fragen, auf Erlebnisse und Erinnerungen.

Ich wünschte mir, dass auch andere Menschen erfahren könnten, was ich gehört hatte, und schlug vor, ein Erzählprojekt zu starten, mit dem Ziel, die Texte zu veröffentlichen.

Das erste Treffen fand am 1. April 2017 statt, vor dem Café Miteinander in der Herrenstraße in Ravensburg. Es war kühl, keine 26 Grad wie angekündigt, bewölkt. Die riesigen Blutbuchen hatten sich gerade frisch belaubt, dahinter lag der Spielplatz und die Stadtmauer der Altstadt. Vier Teilnehmer des B2-Kurses kamen: Dersim, Mohamed, Khaled und Yusuf.

Von da an trafen wir uns jeden Samstag, eine Woche später stießen noch Muna dazu und ihre elfjährige Tochter Rusel („Mein Name bedeutet Sonne im Sommer"), Aida und ihr Mann Hussein aus Qamischli, das Ehepaar Khaled und Naja aus Hasaka, und Baschar aus Damaskus. Wir haben uns unterhalten, ich schrieb mit. Aber sie schrieben auch selbst Texte, die ich behutsam korrigierte.

Wir sprachen über den Alltag in Syrien, über Schule und Beruf, Fußball und Kochrezepte, von den ersten Demonstrationen im März 2011 und von der brutalen Antwort Assads. Ich hörte von den Wänden, die in Syrien Ohren haben, und lernte das arabische Wort für Spitzel: Schabiha.

Es wurde warm, der Samstagvormittag war zu einem festen Termin geworden. Wir freuten uns über den Schatten, den die Blutbuche warf, und spannten den Sonnenschirm auf, wenn es heiß wurde. Wenn wir uns voneinander verabschiedeten, waren wir erschöpft – sie vom Erzählen, ich vom Zuhören. Denn auch, wenn sie vom Essen sprachen, von den Märkten in Aleppo, vom Schlafen auf den Flachdächern ihrer Häuser, war der Krieg doch immer gegenwärtig und die Notlage der Bewohner syrischer Städte. Und so, wie sich das Zimmer öffnet auf dem Bild von Magritte, schimmerte durch die Zweige der Blutbuche die Zitadelle von Aleppo, und hinter den friedlichen Geräuschen spielender Kinder am Katzenlieseles Turm hörten wir die Geräusche eines unnachgiebig und grausam geführten Kriegs.

Schwerpunkte kristallisierten sich heraus: das Leben in Aleppo vor und während des Kriegs, die Situation der Kurden in Afrin, Derbessie, Qamischli und Hasaka. Es ging um das Leben in Idlib und Homs, in Damaskus und Rakka, aber auch um die Palästinenser, die in der dritten Generation in Syrien leben. Und um die Flucht.

Mitte März 2018 sprach ich mit Mazen, einem ehemaligen Bewohner von Duma in Ost-Ghouta. Er hatte seinen Sohn mitgebracht, der schon ganz gut Deutsch spricht. Als ich den Jungen fragte, was er sich zu seinem bevorstehenden sechzehnten Geburtstag wünsche, sagte er, ohne auch nur einen Moment lang zu überlegen: „Frieden in Syrien."

„Ja", sagte ich, „das wünschen wir uns alle. Und sonst? Was wünschst du dir sonst noch?"

„Sonst nichts."

Fünf Tage später wurde Mazen während des Unterrichts angerufen von seiner Frau. Seine Eltern waren getötet worden während eines Bombenangriffs auf Duma.

Aus dem Bürgerkrieg ist schon früh ein Krieg mit internationaler Beteiligung geworden. Von einigen wird er als Weltkrieg bezeichnet, aber er hat nicht in der Welt, sondern in Syrien stattgefunden. Und die Leidtragenden waren und sind die Syrer: Frauen, Männer und Kinder.

Weil Assad von der Bevölkerung kritisiert wurde, hat er sie bombardieren lassen. Khaled aus Hasaka brachte es auf den Punkt: „Das Volk wollte, dass Assad geht. Weil Assad nicht ging, ist das Volk gegangen."

500.000 Menschen sind tot, die Städte zerstört, 11 Millionen Syrer obdachlos geworden und auf der Flucht – ein kleiner

Teil von ihnen lebt inzwischen in Deutschland.
Wer hat von dem Krieg profitiert?
Die Länder, die Waffen herstellen und verkaufen, also auch Deutschland. Dass Deutschland andererseits so viele Geflüchtete aufgenommen hat, war eine menschliche Entscheidung. Aber weil ich natürlich auch die kritischen Stimmen kenne – der Erfolg der AfD ist nicht zu übersehen – finde ich es wichtig, dass wir uns vergegenwärtigen, was die zu uns Gekommenen hinter sich haben und warum sie bei uns sind.
Die Texte, im Zusammenhang mit der Ausstellung *Neu(seh)land* entstanden sind und im Rahmen des Erzählprojekts in Ravensburg, möchte ich einer breiteren Öffentlichkeit zugänglich machen, weil ich überzeugt bin, dass Verständnis die Bedingung ist für Integration. Ein Gefühl von Zugehörigkeit entsteht, wenn erzählt wird und zugehört, wenn nachgefragt wird und erklärt, wenn ein Austausch stattfindet von Erfahrungen und Erinnerungen. Was die Syrer hinter sich haben, wird in den Texten, die hier versammelt sind, deutlich. Ich hoffe, dass sie zum Anlass werden für weitere Gespräche.

August 2018

Eine Bemerkung noch zu den Namen: weil es so aussieht, als würde Assad an der Macht bleiben, habe ich mich entschieden, nur die Vornamen meiner Gesprächspartner zu nennen.
Ich danke Dersim für seine Unterstützung. Er hat aus dem Arabischen und aus dem Kurdischen übersetzt, wenn die Deutschkenntnisse meiner Gesprächspartner an ihre Grenzen kamen. Seine Texte sind von einer bemerkenswerten literarischen Qualität, sie bereichern diesen Band.

Mohamed

Meine traurige Heimat war das schönste Land der Welt. Jetzt ist es das Unglücklichste.

Ich heiße Mohamed. Ich bin in Aleppo geboren, am 15.1.1989. Ich habe einen Bruder und drei Schwestern. Meine Geschwister kamen im Krankenhaus zur Welt, aber meine Oma wollte, dass ich zuhause geboren werde.
Ich war der Liebling meiner Oma, der Mutter meiner Mutter. Meine Mutter hat zwei Mütter. Ihre Eltern trennten sich, kurz bevor sie auf die Welt kam. Und weil ihre Mutter sie nicht behalten wollte, ist sie bei einer kinderlosen Tante aufgewachsen, einer Cousine meines Großvaters. Das ist meine Oma.
Als meine Mutter erwachsen wurde, wollte ihre richtige Mutter sie sehen. Aber meine Oma wollte nicht, dass sie ihre Mutter besucht. Wir haben es trotzdem gemacht, heimlich, ohne meiner Oma etwas davon zu sagen.
Ich habe viel Zeit mit meiner schönen Oma verbracht.
Sie liebte mich und ich sie. Wenn sie zum Markt ging, nahm sie mich mit. Wir gingen von Stand zu Stand, meine Oma war wählerisch, sie schaute sich alles genau an, bevor sie entschied. Der Markt in Alhuluk war groß, größer als der Samstagsmarkt in Ravensburg. Die Händler haben geschrien und ihre Waren angepriesen, es war sehr laut.
Aber meine Oma konnte nicht gut hören.
Ich habe übersetzt, was die Händler sagten, ich habe den Preis mit den Fingern gezeigt. Wenn wir fertig waren, musste ich die Tüten nach Hause tragen, bis sie ein Rad kaufte, dann haben wir die Waren aufs Rad geladen und geschoben.
Manchmal haben wir auch ein Auto gemietet, sind auf den Käsemarkt gefahren und haben richtig viel eingekauft, Reis und Käse. Es gibt verschiedene Märkte in Aleppo, auf einem

wird nur Käse verkauft. Wir kauften frischen Käse in Kisten, zuhause wurde er mit Kräutern zubereitet und in Salzwasser gelagert.
Mein Tag begann mit einer Tasse Kaffee und der Musik von Fairuz, einer bekannten syrischen Sängerin. Wenn Schule war, musste ich um 7 Uhr aufstehen, in den Ferien schlief ich bis 12 Uhr. Von Mai bis September haben wir auf dem Dach geschlafen, die ganze Familie. Die Matratzen wurden hoch getragen, wir konnten den Himmel sehen und die Sterne. Wenn die Sonne aufging, nahm ich meine Decke und ging nach unten ins Haus. Das haben wir allerdings nur so lange gemacht, wie wir im Haus meiner Oma wohnten, später zogen wir um in ein großes Haus in der Stadt, in dem noch viele andere Wohnungen waren – da schlief niemand auf dem Dach.
Auf dem Dach im Haus meiner Oma waren auch die Zisternen fürs Wasser und die Tanks für Öl. Um Wasser warm zu machen, haben wir den Ofen angeheizt, mit Holz und Öl. Eigentlich hat Syrien viel Öl, es ist aber im Besitz der Familie Assads.
Die Lebensmittel lagern im Keller, weil es da kühler ist.
Zum Frühstück essen wir Käse und Thymian, gekochte Eier oder Spiegeleier, Salat aus Gurken, Tomaten und Petersilie. Wir verwenden keine Zwiebeln und keinen Knoblauch, wenn wir in die Schule gehen oder arbeiten müssen. Außerdem gibt es Brot und Butter, dunkles Brot für die Oma, helles Brot für uns. Wir kaufen es frisch beim Bäcker, nie im Supermarkt. Die Bäckereien haben große Öfen, in dem das Brot gemacht wird. Ich musste es immer holen, mein Bruder nicht, er war faul. Ich habe jeden Tag zwei Kilo Brot gekauft.
Wenn wir aßen, saßen wir auf dem Boden, in der Mitte lag ein großes Tuch und wir saßen drumherum. Wir essen mit der rechten Hand. Jeder bedient sich von den Tellern, die in der Mitte stehen, nicht jeder hat einen eigenen Teller. Inzwischen gibt es in den Häusern zunehmend Tische und Stühle. Wenn

ich ein Haus hätte, würde ich beides haben – ich würde mal auf dem Boden sitzen und mal am Tisch.

Weil ich Französisch studierte, nutzte ich jede Gelegenheit, mit französischen Touristen zu sprechen.

Als ich ein Kind war, wohnten wir in einem belebten Viertel. Viele Kinder mussten arbeiten. Sie hatten nicht viel von ihrer Kindheit. Einige Eltern schickten schon ihre zehnjährigen Kinder zum Arbeiten. Viele Kinder, die studierten, arbeiteten in den Sommerferien. Es gab aber auch Viertel, in denen die Eltern sehr reich waren, ihre Kinder mussten nicht arbeiten, auch nicht in den Sommerferien.
Meine Kindheit war sehr schön. Obwohl ich in einem belebten und armen Viertel gewohnt habe, hatte ich ein gutes Leben. Mein Vater wollte immer, dass ich studiere. Das Viertel, in dem wir wohnten, hieß Bab al Hadid, das bedeutet Eisentor. Das Eisentor ist eins der neun alten Tore, die aus der Antike in Aleppo erhalten sind. Wir konnten zu Fuß durch das Tor zur Zitadelle gehen. Die Zitadelle ist eine alte Festung, die über der Stadt liegt und ein Magnet für die Touristen ist.
Es war einer der Orte, an denen ich gern spazieren ging, und weil ich Französisch studierte, nutzte ich jede Gelegenheit, mit französischen Touristen zu sprechen. Mein Vater ist Französischlehrer, er hat in der Schule des Viertels unterrichtet, in dem ich aufgewachsen bin. Auch als wir umzogen, arbeitete mein Vater weiter da, er wollte nicht wechseln, obwohl er eine Stunde fahren musste, um zur Schule zu kommen.
Als ich ein Kind war, wollte ich Fußballspieler werden. Im Garten spielte ich mit meinen Freunden und Verwandten Fußball. Mein Vater stellte fest, dass ich talentiert bin, deshalb meldete er mich in einem offiziellen Verein an. Er wollte nicht, dass ich auf der Straße Fußball spiele, er hatte Angst, dass ich mich verletze.

Drei Monate nach der Anmeldung testeten die Trainer die Kinder, um die Talentiertesten auszuwählen. 200 Kinder waren angemeldet, wir mussten drei Testspiele machen. Bei allen drei Spielen schaffte ich es auf den ersten Platz. Ich bekam viele Geschenke und T-Shirts, und war seitdem Mitglied des Vereins. Ich habe drei Jahre lang in der Kindermannschaft gespielt, danach durfte ich in der A-Mannschaft der Jugend spielen. Bei einem Turnier gewannen wir den ersten Platz, aber ich wurde verletzt und konnte fünf Monate nicht mehr Fußball spielen. Mit dreizehn Jahren trainierte ich fünf Mal die Woche.

In der Regel wollen die Eltern in Syrien nicht, dass ihre Kinder in offiziellen Vereinen spielen. Sie wollen, dass ihre Kinder arbeiten oder studieren. Weil es im Fußball viel Korruption gibt, ist die Zukunft der Kinder, die in den Vereinen spielen, ungewiss. Aber meine Eltern haben mich ermutigt und unterstützt.

Der Weg zum Verein war weit und gefährlich für ein Kind, weil es viele stark befahrene Straßen gab. Entweder hat mich mein Vater begleitet oder mein Bruder. Mein Bruder war auch eine Zeit lang beim Verein – als Torwart. Aber er hörte wieder auf, es machte ihm keinen Spaß. Wenn mein Vater mich begleitet hat, blieb er während des Trainings da, anschließend gingen wir essen, wir aßen ein Sandwich, einen Döner oder ein Falafel.

Es gab Reiche, die zahlten, um mitzuspielen

2006 habe ich die Schule abgeschlossen. Ich wollte Sport studieren und französische Literatur. Aber man konnte nur ein Fach studieren, also setzte ich an die erste Stelle Sport. Ich bekam einen Studienplatz in Hama, wollte Aleppo aber nicht verlassen. Ich hätte immer hin und herfahren müssen, zwischen Aleppo und Hama. Also immatrikulierte ich mich in Französisch. Meinem Vater war das nicht recht, er hatte Professoren aus Frankreich gehabt, die sehr streng gewesen waren. Aber ich entschied mich trotzdem für Französisch.

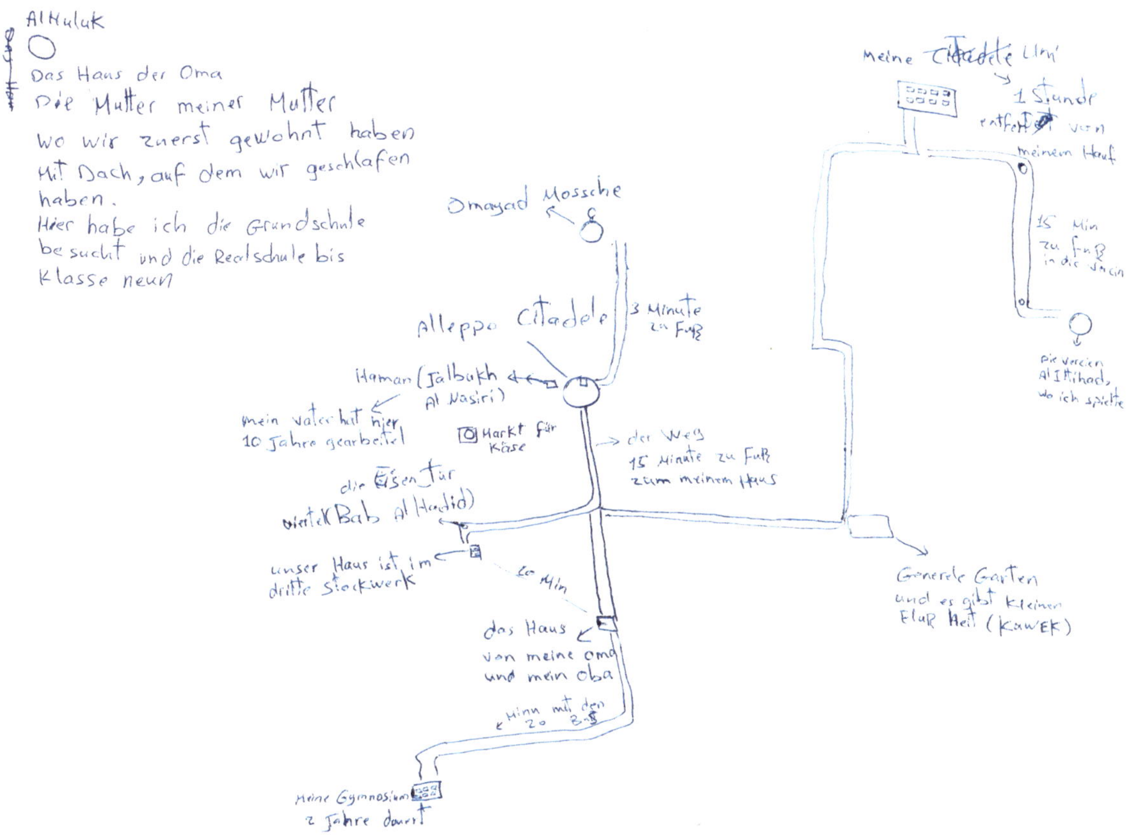

Also ging ich an die Uni und meldete mich für Französisch an. Und es war nicht so schwierig, denn meine Professoren kamen aus Syrien.

Ich mag Französisch, ich habe gern gelernt. In Syrien studieren viele Leute Englisch. Französisch hat den Ruf, schwierig zu sein. Im ersten Semester hatte ich sechs Fächer, bei der Prüfung bestand ich nur in einem Fach. Im zweiten Semester hatte ich elf Fächer und bestand alle Prüfungen. Die Uni war in einem neuen Gebäude untergebracht. Es gab 35 000 Studenten. Ich studierte und spielte weiter Fußball in meinem

Verein. Ich wollte immer noch Fußballer werden. Ich nahm das Trainingszeug mit zur Uni und fuhr von der Uni zum Training.
Im zweiten Jahr wechselte ich den Verein. In Aleppo machte es keinen Spaß mehr, man musste den Trainer bestechen, wenn man in der ersten Mannschaft spielen wollte. Es gab Reiche, die zahlten, um mitzuspielen, aber sie konnten nicht gut spielen. Sie kamen in den Verein, weil sie Beziehungen hatten oder Geld. Viele Leute kamen, um sich die Spiele anzuschauen, sie merkten, dass ich gut spiele, aber ich kam nicht weiter. Also wechselte ich nach Idlib, ich fuhr zwei Mal die Woche 60 Kilometer, um da zu trainieren.

Der Kanarienvogelmann war sehr hilfsbereit.

Ab 2011 habe ich vormittags an der Uni studiert und nachmittags in der Firma meines Onkels gearbeitet, gemeinsam mit meinem Cousin. Wenn keine Uni war, war ich in der Firma. An Maschinen wurden Formen hergestellt für Metallteile, unter anderem Backbleche. In Syrien gibt es keine Ausbildung wie in Deutschland. Man lernt beim Arbeiten, der Sohn vom Vater, ich habe von meinem Onkel gelernt und von meinem Cousin. Mein Cousin war der Sohn der Schwester meines Vaters. Wir haben unsere Kindheit zusammen verbracht. Wir waren oft zusammen, er war wie mein Bruder. Er hatte viele Vögel. Es gab einen Kanarienvogel, der immer gesungen hat, der gefiel mir besonders gut. Mein Cousin schenkte ihn mir. Zuerst hatte ich einen kleinen Käfig. Aber dann gab mir mein Cousin noch ein Weibchen und ich kaufte für beide einen großen Käfig. Nach einem Monat legte das Weibchen zwei Eier und begann zu brüten. Der Kanarienvogelmann war sehr hilfsbereit. Wenn das Weibchen zum Essen flog, hat er sich auf die Eier gesetzt, um sie warm zu halten. Er hat seine Frau geliebt. Dann legte das Weibchen noch mal drei Eier, und auch diese

Eier wurden ausgebrütet, so dass wir bald zwei Kanari-Eltern und fünf Kanari-Kinder hatten.
2013 wurde unser Stadtteil bombardiert.
Mein Cousin wohnte mit seinen Eltern in der Nähe. Sie zogen um, in eine Wohnung auf die andere Seite von Aleppo. Sie sagten, dass wir zu ihnen ziehen könnten. Eine Zeit lang blieben wir noch in unserer Wohnung, aber dann wurden auch die Straßen in der Nähe unseres Hauses bombardiert. Da haben wir beschlossen, zu ihnen zu ziehen. Wir hatten viele Koffer, deshalb konnten wir die Vögel nicht mitnehmen. Ich setzte sie ins Badezimmer und legte überall Futter hin. Das Bad hatte ein kleines Fenster. Nach einer Woche ist mein Vater kurz nach Hause gegangen, um zu schauen, was zerstört war. Die Fenster waren durch die Bombardierungen kaputt gegangen, auch das Badezimmerfenster, die Vögel waren alle weggeflogen.

Mein Onkel griff nach meiner Hand und riss mich auf den Boden.

In der Wohnung, die meine Tante und mein Onkel gemietet hatten, gab es vier Zimmer. Wir waren sechzehn, in jedem Zimmer wohnten vier Menschen. Die Wohnung war im ersten Stock. Vor dem Balkon stand einen Baum. Eine Katze besuchte uns, sie kletterte auf den Baum, sprang vom Baum auf den Balkon, es war eine hübsche bunte Katze. Wir fütterten sie. Sie kam jeden Tag. Nach einiger Zeit sahen wir, dass ihr Bauch dicker wurde. Sie war schwanger. Wir hofften, dass sie ihre Kinder bei uns bekommen würde und kauften viel Fleisch. Aber sie hat die Katzen unten geboren, in der Nähe der Terrasse. Wir waren enttäuscht. Zwei Tage später kam sie über die Mauer, sprang in den Baum, kletterte hoch, sprang vom Baum auf den Balkon und trug etwas durch die geöffnete Balkontür in die Wohnung. Wir dachten, es wäre das Stück eines Reifens, aber dann sahen wir, dass es ein Kätzchen war.

Es war ganz schwarz. Sie legte das Kätzchen ins Zimmer, ging, und brachte das nächste Kätzchen, es war schwarz-weiß. Das dritte war orange – nein blond – ja, blond. Und das vierte Kätzchen blond-weiß. Es waren insgesamt fünf Kätzchen, die Mutter hat alle zu uns gebracht. Sie waren winzig, noch blind. Das war abends, als wir alle zuhause waren.
Als wir in die Wohnung einzogen, merkten wir, dass das Haus an die Straße grenzte, hinter der das Viertel der Rebellen begann. Es gab dauernd Schießereien und Bombardierungen. Ein Jahr lang haben wir da gewohnt, dann wollte meine Tante wieder zurück in ihre alte Wohnung. Das war schade, denn wir hatten uns daran gewöhnt, zusammen zu leben. Meine Familie ist noch sechs Monate in der Wohnung geblieben. Sie war auf der Seite, die von Assads Armee besetzt war. Wir sind also auf der Assad-Seite geblieben. Die Tante ist zurück ins Rebellenviertel gezogen. Wir konnten die Familie meiner Tante nicht besuchen, weil der Weg zu ihrer Wohnung sehr gefährlich war. Auf der Grenze zwischen dem Rebellenviertel und dem Viertel, das von Assad kontrolliert wurde, war ein großer Platz. In den umliegenen Häusern waren Sniper – wie heißt das auf Deutsch? Scharfschützen. Ja. Es war sehr gefährlich, diesen Platz zu überqueren. Auf der Seite der Rebellen gab es mehr Lebensmittel, sie kamen aus der Türkei. Einmal bin ich mit dem Rad auf die andere Seite gefahren, mit meinem Onkel, um Fleisch und Gemüse zu kaufen. Wir haben viel eingekauft. Als wir zurückgefahren sind, mussten wir über den Platz. Wir wurden beschossen, aber wir hatten Glück, wir waren schnell, sie haben uns nicht erwischt.
Mein Vater wollte nicht, dass ich auf die andere Seite fahre. Aber ich bin trotzdem gefahren. Mein Onkel hatte dort ein Geschäft, er machte ein Getränk aus den Schoten von Tamarinden. Wir trinken es am Beginn des Ramadan nach Sonnenuntergang. Das Getränk meines Onkels war besonders gut, viele haben es gekauft.

Ich habe ihm dabei geholfen, es zu verkaufen. Wir hatten auf der Straße einen Tisch mit Behältern, in dem das Getränk war. Plötzlich hörte ich ein Zischen, mein Onkel griff nach meiner Hand und hat mich auf den Boden gerissen. Eine Bombe schlug in unserer Nähe ein und explodierte. Es war sehr laut, kurze Zeit habe ich nichts mehr gehört, weil die Druckwelle so stark war. Als wir wieder aufstehen konnten, sahen wir, dass alle Autos kaputt waren, die Fenster auch, überall Splitter und Löcher. Mein Onkel sagte, dass ich meinem Vater nichts davon erzählen sollte. Nach eineinhalb Stunden haben wir wieder Tamarindensaft verkauft.

Die Soldaten schnappten sich die jungen Männer, die zur Uni gingen.

Dann sind wir aus der Wohnung ausgezogen, sie war zu groß und zu teuer. Wir zogen in eine Zwei-Zimmer-Wohnung, zwei Kätzchen haben wir mitgenommen, meine Katze und die Katze meiner Schwester. Meine Katze war grau getigert. Und ganz ruhig, als wir die Grenze passierten. Aber die Katze meiner Schwester hat miaut. Alle haben sich umgesehen. Schließlich sind wir zurückgezogen in unsere Wohnung im Viertel Bab al Hadid. In diese Wohnung sind wir gezogen, nachdem das Haus meiner Oma verkauft worden war. Die Wohnung ist groß und schön, auch meine Oma hatte ein Zimmer. Sie ist vor zehn Jahren gestorben. Die Wohnung ist während der Bombardierungen geplündert worden, als wir zurückkamen, waren viele wertvolle Sachen verschwunden.
Ich fing wieder an, meinen Cousin zu besuchen, das war zwar gefährlich, aber ich habe ihn trotzdem besucht. Mein Vater wollte, dass ich in die Türkei gehe. Ich war gefährdet. Die Uni war auf der von Assad kontrollierten Seite und die Soldaten schnappten sich die jungen Männer, die zur Uni gingen.
Mein Bruder ging in die Türkei, er fand vier bis fünf Monate

keine Arbeit in Istanbul, dann hat er bei einer Firma gearbeitet, die Türen und Fenster machte. In dieser Zeit arbeitete ich noch bei meinem Cousin in Aleppo – bis Ende 2013. Dann hat mich ein Verwandter aus der Türkei angerufen, er habe eine Arbeit für mich.
Ich fragte: Was für eine Arbeit?
Mit großen Steinen, sagte er. Willst du kommen?
Ja, sagte ich.
Ich sprach mit meinem Cousin, denn eigentlich wollten wir zusammen in die Türkei gehen. Er sagte, ich solle schon mal vorgehen, er habe noch viel Arbeit in der Firma seines Vaters, aber wenn er fertig sei, werde er ebenfalls kommen. Ich ging in die Türkei. Nach einer Woche kam die Polizei. Es stellte sich heraus, dass die Firma illegal produzierte und die Mitarbeiter keine Arbeitserlaubnis hatten. Ich wollte zurück nach Aleppo, um wieder mit meinem Cousin zu arbeiten, aber mein Vater beschwor mich, in der Türkei zu bleiben.
Ich fragte: Und wovon soll ich leben?
Da sagte mein Vater, dass ich mit einem unserer Nachbarn aus Aleppo sprechen solle. Er hatte eine Textilfirma in Istanbul. Ich sprach mit ihm, er sagte, dass ich bei ihm arbeiten und in der Firma schlafen könnte. Ich wollte nicht, aber mein Vater hat mir dazu geraten. Also bin ich nach Istanbul gefahren.
Die Firma unseres Nachbarn war klein, 25 Leute arbeiteten da, alle kamen aus Aleppo, auch viele Kinder, elf, zwölf Jahre alt, die Eltern hatten sie geschickt, um Geld zu verdienen.
Im Keller standen die Maschinen, oben wurden die Stoffe zugeschnitten. Ich habe oben gearbeitet und auf dem Tisch geschlafen, ein Jahr und acht Monate. Das waren die schlimmsten zwei Jahre meines Lebens. Ich habe jeden Tag 11-12 Stunden gearbeitet. Ich habe nur gearbeitet und geschlafen.
Über den Arbeitsräumen war die Wohnung des Arbeitgebers, die Frau kochte und hat das Essen nach unten geschickt. Wir haben alle zusammen gegessen. Es war immer laut, immer

verraucht. Viele rauchten während der Arbeit, die Fenster waren geschlossen. Aber ich konnte nicht gehen, weil es keine andere Arbeit gab.
Ich habe drei Monate lang einen Türkischkurs besucht, von 8.00 Uhr bis 12.00 Uhr. Ab 12.30 Uhr habe ich dann gearbeitet – bis 22.00 Uhr. Ich suchte nach einer besseren Arbeit, fand aber keine. In dem Türkischkurs lernte ich einen Mann kennen, der eine eigene Wohnung hatte, da konnte ich ab und zu schlafen.
Ich rief meinen Cousin an, ich fragte: Wann kommst du?
Er ging in die Türkei, in einen Ort in der Nähe der Grenze. Aber weil es keine Arbeit gab, kehrte er zurück nach Aleppo. Ich wollte auch zurück nach Aleppo. Aber wieder warnte mich mein Vater und sagte: Bleib. Die Situation in Aleppo ist schrecklich.
Ich wollte meine Eltern sehen. Ich hatte meine Eltern und meinen Cousin schon so lange nicht mehr gesehen. Und dann sagte mir ein Freund, dass er vergeblich versucht habe, meinen Cousin zu erreichen. Er starb bei einer Bombardierung des Viertels, in dem die Firma war. Der Onkel war an diesem Tag in einem anderen Viertel unterwegs, mein Onkel überlebte. Sein Sohn ist tot. Mein Cousin. Er war wie ein Bruder für mich.

Altshausen: Allmählich liebte ich das Dorf wegen der netten Leute.

Als ich in Deutschland ankam, war ich überrascht. Alles war grün, es gab viele Bäume am Straßenrand. Die Landschaften waren wunderbar und malerisch und das hat mir sehr gefallen. Ich war zwei Tage in Trier, dann kam ich nach Karlsruhe, und von da nach Altshausen. Anfangs war ich enttäuscht und deprimiert, weil Altshausen ein Dorf ist ohne große Gebäude und Geschäfte. Aber in der Unterkunft habe ich sehr nette

Leute kennengelernt und Menschen aus dem Helferkreis. Sie waren sehr hilfsbereit, sie wollten uns wirklich helfen. Sie haben uns Decken gebracht, Badetücher und so weiter. Allmählich liebte ich das Dorf wegen der netten Leute. Ich freundete mich mit ihnen an und habe bis jetzt Kontakt mit ihnen. Was mir gefällt in Deutschland ist der Respekt, den die Leute haben. Bevor man um etwas bittet, sagt man immer: „Bitte!"
Ich wohnte zuerst in einer Flüchtlingsunterkunft mit Blick auf einen kleinen See. Jeden Tag kamen Deutsche, die uns Deutsch beibrachten. Am Anfang habe ich die deutsche Sprache nicht gemocht, weil sie sehr schwierig ist. Es gibt so viele lange Wörter und drei Artikel. Bis jetzt mache ich Fehler. Aber ich verstehe immer mehr.
Jeden Sonntag gab es ein Treffen mit Kaffee und Kuchen. Wir unterhielten uns und lernten ein wenig von der deutschen Kultur und den Traditionen. Was mir viel geholfen hat, war die Altshausener Mannschaft, in der ich Fußball spielte. Ich habe eine schöne Zeit mit den Spielern verbracht. Ich habe zwei Mal pro Woche trainiert und am Wochenende Spiele gemacht.

Gespräch über Aleppo

Kubba sind kleine essbare Zeppeline

Mohamed: „Aleppo ist die älteste Stadt der Welt. Aleppo war ökonomisch die stärkste Stadt, noch vor Damaskus. Macht und Geld waren in Aleppo."
Dersim: „Viele Armenier kamen nach Aleppo, als sie in der Türkei verfolgt wurden."
Mohamed: „Es gibt eine Tradition des Handels, weil sich in Aleppo zwei Handelsstraßen kreuzten. Es wurde gehandelt mit Indien, und die Waren aus Indien wurden weiter verkauft in anderen Ländern rund um Syrien."
Muna: „Mein Vater hat bei einer Ölfirma gearbeitet, einige seiner Freunde waren armenische Christen."
Mohamed: „Mein Vater arbeitete als Französischlehrer. Aber er verdiente so wenig, dass er noch im Hamam als Übersetzer gearbeitet hat, für Touristen. Die Deutschen fand er am angenehmsten – die Franzosen und die Deutschen. Ich ging erst ins Fußballtraining und anschließend ins Hamam zum Duschen. Im Hamam kann man auch frühstücken mit orientalischer Musik. Man kann die Musik als CD kaufen, viele Touristen mögen und kaufen sie."
Dersim: „Das Hamam hat eine römisch-griechische Tradition."
Muna: „Ich bin ein Mal im Jahr ins Hamam gegangen."
Dersim: „Ich ging ein halbes Jahr in Aleppo zur Schule, um das Abitur zu machen."
Muna: „Aleppo ist bekannt für die Pistazien. Und die Seife."
Mohamed: „Das Beste in Aleppo ist das Essen. Und die Zitadelle und die Omayyaden Moschee. Es gibt drei große Moscheen in Aleppo, ich bin immer in die Omayyaden-Mo-

schee gegangen, sie ist die älteste Moschee. Im Basar kann man Gewürze kaufen und Kleider. Ein typisches Kleidungsstück ist eine weiße Galabiya, die wird gern von Touristen gekauft. In den Basaren gibt es aber auch Teppiche und Schuhe, Taschen und Sättel, Zatar und Nüsse. Zatar ist Thymian, Aleppo ist berühmt für seinen Thymian."
Sie sprechen von Mlochia, spinatähnlichen Blättern, die mit Hühnchenfleisch und Reis gegessen werden, und von Kubba, zeppelinartigen Gebilden aus Bulgur, gefüllt mit gehacktem Lammfleisch.
Mohamed: „Mit Petersilie."
Muna: „Ohne Petersilie."
Am Freitagmorgen gibt es Ful – ein Frühstück aus Joghurt und Tahini, Olivenöl und roten Bohnen, Zitronensaft, und, wenn man will, mit Knoblauch.
Dersim: „In Derbessie haben wir die Weinblätter mit Fleisch gefüllt. Wir hatten einen großen Garten, es gab viele Weinstöcke, alle mussten helfen, die Blätter zu pflücken. Im Sommer habe ich auf den Baumwollfeldern gearbeitet, von Juni bis September, bis die Schule wieder angefangen hat, ich habe gepflanzt und gegossen. Wir hatten Land gepachtet. Im Oktober bis Ende November wurde geerntet, da waren wir dann aber schon wieder in der Schule und mussten nicht mehr helfen."
Muna: „Wir hatten einen Garten am Haus, mit einem – Baum... Ich weiß den Namen nicht... Nuss? Apfel? Granatapfel?"
„Pfirsich", sagt Rusel, die elfjährige Tochter von Muna. „Wir hatten einen Pfirsichbaum."

Jede Schule ist von einer hohen Mauer umgeben

Rusel: „Mal gehen wir am Morgen und mal am Nachmittag in die Schule. Es gibt viele Geschäfte um die Schule herum. Jede Schule ist von einer hohen Mauer umgeben. Es gibt eine große Tür."
Dersim: „Und die Lehrer haben einen Stock in der einen Hand und eine Kreide in der anderen." Er kreuzt Unterarme und Hände über der Brust. „Sie sehen aus wie die alten Pharaonen."
Ich: „Werden alle Schüler geschlagen?"
Rusel: „Nur die, die etwas vergessen haben. Oder wenn sie etwas Falsches sagen. Ich finde die Schule in Deutschland besser als die Schule in Syrien. Hier wird niemand geschlagen. Wir dürfen auch nicht schlagen. Hier gibt es Regeln. In Syrien schlagen manche Eltern ihre Kinder, aber hier dürfen Eltern ihre Kinder nicht schlagen. Hier müssen sich alle an die Regeln halten, was wir machen dürfen und was nicht. Und wer sich nicht daran hält, bekommt eine Strafarbeit. Die deutsche Sprache ist schwer. Wenn du deine Sprache vergisst, kannst du sie nicht mehr lesen. Aber du musst auch deine Sprache lesen können."

Dersim

Mein erster Schultag

Mit sechs Jahren fangen die syrischen Kinder mit der Schule an. Die meisten sind nicht vorbereitet durch einen Kindergarten. Ich erinnere mich noch gut an alle Beteiligten meines ersten Schultags. Ich war sehr aufgeregt, ich bin früh aufgewacht und habe einen braunen Kittel und einen orangefarbenen Schal angezogen, das war die Uniform der Grundschüler. Als ich das Klassenzimmer betrat, war ich verwirrt, über 40 Kinder waren in meiner Klasse. Und eine Lehrerin, die einen Stock in der einen Hand hielt und eine Kreide in der anderen Hand. Leider konnten die meisten Schüler und Schülerinnen nicht verstehen, was die Lehrerin unterrichtete, weil sie Arabisch sprach, und 90 Prozent der Schüler waren Kurden und verstanden kein Arabisch. Was wir aber schnell verstanden, war die Bedeutung des Stocks in ihrer Hand.

Wegen des Mangels an Schulen gab es Vormittags- und Nachmittagsunterricht. Eine Gruppe von Schülern ging am Vormittag in die Schule bis 11.30 Uhr, die andere Gruppe am Nachmittag von 12.30 Uhr bis 17.00 Uhr. Mein erster Tag fand am Vormittag statt. Ich sollte um 12.30 Uhr nach Hause kommen, aber weil ich kein Arabisch verstand, war ich bis 15.00 Uhr in der Schule.

Mein älterer Bruder war in der Nachmittagsgruppe. Als er mich in der Pause sah, fragte er, warum ich nicht nach Hause gegangen sei. Er begleitete mich zum Schultor. Das wurde von einem Wächter bewacht. Seine Aufgabe war, die Schüler daran zu hindern, aus der Schule zu fliehen. Nachdem wir mit ihm gesprochen und ihm alles erklärt hatten, erlaubte er mir, die Schule zu verlassen und nach Hause zu gehen.

Muna und Arif

Muna

Meine turkmenische Freundin

Meine Mutter hat mich Muna genannt. Als mein Vater beim Standesamt war und meinen Namen sagen sollte, erinnerte er sich nicht mehr an Muna und sagte: „Amina." Deshalb heiße ich Amina, bin aber Muna. Ich habe fünf Brüder und fünf Schwestern. Ich bin die jüngste Schwester, ich wurde 1981 geboren.
Wir wohnten in einem belebten Viertel. Die Einwohner waren Turkmenen und sprachen Turkmenisch. Ich habe dort neun Jahre gelebt. Die Nachbarn waren sehr nett, aber sie hatten andere Gewohnheiten als wir. Ich war in der Grundschule sehr fleißig. Wenn ich eine Aufgabe hatte und nicht wusste, wie ich sie lösen sollte, konnte ich nicht schlafen und weinte. Viele Menschen in Aleppo sind der Meinung, dass es besser ist, wenn Frauen und Mädchen arbeiten, um ihrer Familie zu helfen, statt in die Schule zu gehen. Ich hatte eine Freundin, die Turkmenin war. Als die Grundschule zu Ende war, habe ich sie nicht mehr gesehen. Ich bin zu ihr gegangen und habe sie gefragt: Warum kommst du nicht in die Schule?
Sie weinte und sagte: „Ich möchte gern weiter in die Schule gehen, aber ich darf nicht."
Mein Vater erklärte mir, dass ihre Eltern nicht wollen, dass Mädchen lange in die Schule gehen und lernen. Bei uns können die Kinder nicht das machen, was sie wollen. Die Eltern entscheiden über ihre Zukunft. Viele Mädchen werden verheiratet, bevor sie 18 Jahre alt sind. Manchmal wollen sie den Mann nicht heiraten, aber sie haben kein Recht, ihre Meinung zu sagen.
In meiner Familie war die Tradition wichtig, aber die Mädchen

durften ihre Meinung sagen. Mein Vater hat sich dafür eingesetzt, dass die Mädchen in die Schule gehen und eine Ausbildung machen, damit sie keine finanzielle Unterstützung brauchen, wenn sie erwachsen sind. In vielen Familien müssen die Söhne und Töchter früh arbeiten. Und die Regierung macht nichts, um das zu ändern. Es gibt zwar Schulpflicht, aber keine Sanktionen, wenn ein Kind nicht zur Schule geht.
Hier in Deutschland ist das anders, die Kinder haben ein Recht auf ein eigenes Leben und eigene Pläne. Es gefällt mir, dass die Kinder entscheiden können, was sie machen wollen. Ich finde das sehr wichtig für die Kinder, für die Familien, für das Land, für alle.

Kaffee mit Kardamom

Wir beginnen die Woche am Sonntag. Yaser bleibt bis 9 Uhr zuhause, er ist selbstständig. Um 6.50 Uhr gehen die Kinder in die Schule, um 7.05 Uhr gehe ich. Um halb eins kommen wir nach Hause. Ich koche, wir essen zusammen zu Mittag. Ich frage, was die Kinder in der Schule gemacht haben, was sie nicht verstanden haben und helfe ihnen bei den Hausaufgaben.
Yaser kommt um 17 Uhr, er bleibt bis 18.30 Uhr, danach geht er noch mal ins Geschäft bis 23.00 Uhr. Bei uns sind die Geschäfte länger offen als in Deutschland. Yaser ist Elektrotechniker, er verkauft und repariert elektrische Geräte. Er besucht drei Mal in der Woche seine Mutter, die auch in Aleppo wohnt.
Manchmal gehe ich nach dem Abendessen zu meiner Schwester, wenn die Kinder im Bett sind. Sie wohnt in der Nähe, wir trinken zusammen einen arabischen Kaffee. Wenn ich Zeit habe, trinke ich auch zwei Tassen. Mit Kardamom, das macht den Kaffee sehr lecker. Auf ein Kilo Kaffee kommen hundert Gramm Kardamom, gemahlen, das ist am besten.

Wenn ich wieder zuhause bin, bereite ich den Unterricht vor. Ich unterrichte die Kinder zwischen 6 und 12 Jahren in Arabisch, Mathe, Religion, Biologie und Geographie. Geschichte kommt erst in der 5. Klasse dazu. Ich habe vier Jahre als Lehrerin gearbeitet, Kurdisch war verboten, Englisch haben wir nur sehr wenig unterrichtet.
Yaser macht die Einkäufe, ich koche. Wenn ich Kleider einkaufe, dann mit einer meiner Schwestern. Die Bäckereien haben ab 4 Uhr morgens geöffnet. Einige Geschäfte machen Mittagspause. Ich habe in der Schule unterrichtet und an der Universität Vorlesungen besucht. Weil die Kinder noch klein waren, war das sehr schwierig.
Freitag ist Familientag. Die Familien gehen in eine Art Spieleland mit Bäumen und Spielgeräten, in einem Stadtteil von Aleppo, der von uns in 15 Minuten zu erreichen ist. Da muss man auch Eintritt zahlen. Wir treffen meine Schwiegermutter und picknicken gemeinsam, die Frauen sind unter sich, die Männer kommen nicht mit. Mein Schwiegervater bleibt im Laden. Yaser und ich gehen zwei bis drei Mal zusammen in die Stadt, nur er und ich.

Wo bin ich und warum?

Ich war im zweiten Monat schwanger mit Arif, als wir fliehen mussten. Ich wollte das Baby wegmachen lassen, wegen des Kriegs, und weil wir nicht bleiben konnten. Aber die Frauenärztin hat mir abgeraten, sie meinte, ich würde das schon schaffen.
Wir sind am 21.2.2012 gegangen. Eines Abends hieß es: Ihr müsst jetzt schnell gehen, Assad bombardiert Aleppo. Wir haben alles zuhause gelassen, wir hatten nur die Kleider, die wir trugen. Wir sind zum Bruder meines Mannes gegangen, in einen anderen Stadtteil. Wir haben gehofft, dass die Kämpfe bald aufhören, und dass wir wieder nach Hause zurückkeh-

ren können. Aber es wurde immer schlimmer. Da sagte meine Mutter: Warum geht ihr nicht in die Türkei?
Das Dorf, in dem sie lebt, ist in der Nähe der syrisch-türkischen Grenze. Wir sind fünf Tage bei ihr geblieben. Es war Winter, es war kalt, es gab wenig Holz, wir waren auf dem Land. Osman wollte bei der Oma bleiben, also bei meiner Mutter, deshalb sind wir erstmal ohne ihn in die Türkei gegangen. Wir haben ihn später geholt.
Es hat sehr geregnet. Wir sind zu Fuß über die Grenze gegangen, früh am Morgen. Der Weg führte durch zwei Berge, der eine Berg war in Syrien, der andere in der Türkei. Als ich in die Türkei war, hatte ich das Gefühl, dass ich zurückschauen muss. Ich konnte nicht atmen, ich wollte schreien und weinen, ich habe mich gefragt: Wo ist Osman, wo ist meine Mutter, wohin gehen wir, wo ist mein Land, warum müssen wir gehen, wer ist verantwortlich dafür, ich hatte hundert Fragen und keine Antwort. Gleichzeitig musste ich stark sein, damit Rusel keine Angst hat.
Auf der anderen Seite wartete ein Taxi. Wir sind zur Schwester meines Vater gefahren, die schon lange in Gaziantep wohnt. Wir haben eine Wohnung gefunden und zweieinhalb Jahre in Gaziantep gelebt. Osman hat oft geweint, weil er zu seiner Oma und seinem Opa wollte und zu seinen Freunden. Aber das war nicht möglich. Die ersten sechs Monate in der Türkei waren sehr schwierig für mich, ich fragte mich, wann wir endlich wieder zurück können nach Aleppo, und immer sagte ich mir: Morgen. Aber das war eine vergebliche Hoffnung.
Die Kinder hatten keinen arabischen Pass, deshalb war es für sie schwierig in der Türkei, sie konnten nicht in die Schule gehen. Das war auch einer der Gründe, warum wir nach Deutschland gekommen sind. Das Problem war, dass wir nicht zusammen gehen konnten. Wir hatten nicht genug Geld. Ich bin mit Osman, Rusel und Arif geflohen, Yaser ist noch bis 2016 in der Türkei geblieben.

Von Gaziantep bin ich dann mit den drei Kindern nach Deutschland gegangen. Eine Schwester, die im Libanon als Rechtsanwältin arbeitet, hat uns finanziell geholfen.
Von Izmir sind wir mit einem Boot auf eine griechische Insel gefahren. Von Mitternacht bis vier Uhr morgens. Es war sehr windig, die Wellen hoch, ich hatte große Angst. Osman wollte schlafen, Arif wollte Milch, Rusel hatte Bauchschmerzen. Osman durfte nicht einschlafen, das wäre sonst gefährlich geworden, er hätte vom Boot fallen können. Es war kalt. Zwei Schlauchboote waren da und viele aufgeregte Menschen, und dann war Osman plötzlich verschwunden. Aber er tauchte wieder auf, zum Glück.
Wir bekamen Schwimmwesten. Ich hatte Angst. Wasser kam ins Boot, wir schöpften das Wasser aus dem Boot. Die meisten haben dabei ihre Handys verloren. Ich hatte es noch, außerdem Windeln und Milch, das war gut, ich hatte alles gut verpackt, ich habe auch anderen Müttern Windeln und Milch geben können.
Wir landeten auf Chios. Wir blieben zwei Tage in einem kleinen Haus, bis wir mit einem großen Schiff nach Athen fahren konnten, und von Athen nach Thessaloniki. Von da sind wir bis nach Mazedonien gelaufen. Wir haben immer wieder Pausen gemacht. Wir waren eine große Gruppe, 24 Personen, alle aus unserer Familie, Cousins und Cousinen von meinem Mann. Wir sind zusammengeblieben, bis wir in Deutschland waren.
Am 31.8.2015 sind wir in München angekommen. Als wir aus dem Zug stiegen, habe ich mich gefragt: Wo bin ich und warum? Das war der Tag, an dem viele Züge von Ungarn nach Deutschland gefahren sind. In München warteten viele Leute, viele Polizisten und Journalisten auf die Flüchtlinge.
Am 9.10.2015 kamen wir nach Altshausen in das Haus am Weiher. Wir haben zu viert in einem kleinen Zimmer mit Bad gewohnt. Alle drei Wochen hat der Helferkreis einen Flücht-

lingskaffee organisiert – mit Kaffee und Kuchen – sie haben den Flüchtlingen geholfen und waren sehr sehr nett. Ich habe noch Kontakt mit allen. Carmen war auch dabei, sie war die Lehrerin von Rusel und hat uns sehr geholfen.
Yaser kam erst am 22.5.2016 mit dem Flugzeug von Griechenland nach Frankfurt. Aus finanziellen Gründen konnten wir nicht zusammen flüchten. Yaser ist mit einem falschen Pass gekommen. Das ging nicht anders. Sein Pass ist abgelaufen, als er in der Türkei war, er konnte nicht zurück nach Syrien, um ihn verlängern zu lassen. Er konnte nicht gleich zu uns kommen, er musste in Frankfurt bleiben, bis ich mit Carmens Hilfe eine Wohnung gefunden hatte. Als er uns das erste Mal in Altshausen besuchte, hat Rusel ihn zuerst nicht erkannt, sie begrüßte ihn mit: Hallo Onkel!

Der Krieg macht auch vor den Familien nicht Halt

2015 bin ich nach Deutschland gekommen. Das Leben ist für mich und meine Familie sehr schwierig, weil wir verwundet sind, durch den Krieg, innerlich. Vor dem Krieg war unser Leben einfach. Einiges hat uns gefallen, einiges nicht, aber das konnten wir nicht sagen, das war verboten. In meinem Land hat die Gerechtigkeit gefehlt. Die reichen Menschen haben gemacht, was sie wollten, obwohl es Gesetze gibt, aber sie wurden nicht angewendet. Alle Minister waren bestechlich, die Reichen konnten zahlen, die Armen nicht.
Auf der anderen Seite hatten wir ein gutes Leben, wir trafen uns an Festtagen, wir sammelten Geld, wenn jemand krank war und kümmerten uns um ihn. Und das kam von Herzen. Das war vor dem Krieg. Und jetzt, im Krieg, ist alles anders. Der Krieg macht auch vor den Familien nicht Halt. Wenn der älteste Sohn zur Nationalarmee hält und der jüngere Sohn zur Freien Syrischen Armee, ist Krieg in der Familie.

Im Sommer haben wir auf dem Dach geschlafen

Muna: „Mein Opa hatte ein großes Grundstück auf dem Land, in Afrin, in der Nähe von Aleppo, mit vielen Olivenbäumen und Weizenfeldern. Wir waren jedes Jahr im Sommer einen Monat lang bei meinen Großeltern. Es gab viele Mücken, viele Tiere und einen Hund. Und keinen Strom."
Rusel: „Bei meiner Oma, der Mutter von Muna, gibt es ganz viele Bäume, Nussbäume, Apfelbäume. Osman ist immer hoch geklettert, er war immer oben in den Bäumen. Und im Sommer haben wir auf dem Dach geschlafen. Es gab ein kleines Dach und ein großes Dach."
Ich: „Mit Geländer?"
Rusel: „Kein Geländer. Und es gab einen Hund, Lassie. Er hatte zehn Kinder. Einmal bin ich auf Lassies Rücken gesessen. Er war ganz lieb."
Ich: „Was möchtest du werden, wenn du groß bist?"
Rusel: „Kinderärztin."
Ich: „Was bedeutet Rusel?"
Rusel: „Mein Name bedeutet *Sonne im Sommer*. Im Sommer ist die Sonne schön warm. Ich habe einen älteren Bruder, der Osman heißt, wie der Vater meines Vaters. Und Arif, mein jüngerer Bruder, ist nach dem Vater meiner Mutter benannt."
Rusel: „Wie wird der Titel des Buchs sein?"
Ich: „Hast du eine Idee?"
Rusel: „Über das Leben in Syrien".

Rusel

Fünf Mädchen hießen Rusel

Mein Name ist Rusel. Ich bin elf Jahre alt. Ich habe zwei Geschwister. Ich komme aus Aleppo. In Aleppo war ich im Kindergarten. Am ersten Tag ist meine Mama mitgegangen. Sie durfte eine Stunde bei mir bleiben. Dann ist sie gegangen und ich habe die ganze Zeit geweint.
Ich war nur zwei Jahre im Kindergarten, weil wir erst mit fünf Jahren in den Kindergarten gehen dürfen. Aber manche Kinder gehen auch schon mit zwei oder drei Jahren in den Kindergarten. Meine Freunde waren ganz lieb, wir haben gespielt und gerechnet und Buchstaben gelernt, lateinische Buchstaben und arabische Buchstaben. Wir waren immer zusammen. Und es gab viele Katzen, aber weil ich Angst vor Katzen habe, war ich immer da, wo keine Katzen waren.
Nach dem Kindergarten bin ich in die Schule gegangen. In meiner Klasse waren fünf Mädchen, die Rusel hießen. In meiner Klasse war ich die Beste. Ich fand alle gut, aber die Lehrerin sagte, dass ich die beste Schülerin bin.
In unserem Haus waren vier Zimmer, ein Schlafzimmer für die Kinder, ein Schlafzimmer für meine Eltern. Im Kinderzimmer waren zwei Betten, ein Bett für mich und ein Bett für meinen Bruder Osman. Eine Wand war orange und eine Wand kiwigrün.
Wir hatten ganz viele Spiele und wenn ich schlafen ging, nahm ich meine Lieblingspuppe mit ins Bett. Mein großer Bruder wollte fernsehen, aber ich wollte lieber spielen. Bei uns gehen die Kinder nicht immer nach draußen. In Syrien wollte ich Inliner fahren, aber das ging nicht. Jetzt kann ich gut Inliner fahren.

Wenn Ramadan war, machte mein Vater Orangensaft und wir aßen auf dem Balkon. Wenn ich zur Schule musste, holte mich mein großer Bruder ab. Die Ferien verbrachten wir bei meiner Oma. Die eine Oma wohnt in der Stadt, die andere auf dem Land, mit meinem Onkel. In den Sommerferien sind wir immer aufs Land gefahren. Und wenn wir einen Ausflug machten, dann kochte meine Mama das leckerste Essen. Meine Mama kann sehr gut kochen.
Manche Menschen sind arm, sie laufen barfuß. Zum Opferfest, zwei Monate und zehn Tage nach Ramadan, fuhren wir zu meiner Oma und schlachteten Schafe und feierten.

Meine Puppe Zizo

Zu meinem 5. Geburtstag hat mein Papa mir ein ganz schönes Geschenk gebracht. Und dieses Geschenk war eine große Puppe. Sie war größer als ich. Diese Puppe war meine Lieblingspuppe, sie heißt Zizo. Sie hat schöne Haare, ihre Haare waren blond. Und sie hatte blaue Augen. Sie war wunderschön. Ich habe sie immer hinter mir hergezogen.
Als wir zu meiner Oma mussten, weil der Krieg angefangen hat, war ich sieben Jahre alt. Wir mussten weggehen. Ich wollte die Puppe mitnehmen. Aber das ging nicht. Ich habe die ganze Zeit geweint.

Helene

Als wir in Altshausen waren, habe ich mit Kimberly, Ali und Nasar gespielt. Wir haben in einer eigenen Sprache geredet, aus jeder Sprache ein paar Wörter – Arabisch, Englisch, Italienisch und Deutsch. Kimberly und ich waren die einzigen Mädels und deshalb waren wir immer zusammen gespielt. Bis eines Tages noch ein anderes Mädchen kam. Kimberly sagte zu mir: Geh hin und frage, wie sie heißt. Aber ich habe mich nicht getraut. Das Mädchen stand einfach im Eck, und Kimberly und ich standen draußen. Wir haben durch die Scheibe geguckt und abwechselnd zueinander gesagt: Geh und frag, wie sie heißt. Und dann hat Kimberly sich getraut und sie gefragt. Sie sagte, dass sie Helene heißt. Wir wussten nicht, welche Sprache sie spricht, wir haben sie in allen Sprachen gefragt, aber sie hat uns nicht verstanden. Sie konnte kein Deutsch, aber wir haben ihr beigebracht, was wir schon konnten, und haben gemeinsam mit ihr gelernt.

11.11.2015 Altshausen.

Der erste Schultag in Deutschland

Am frühen Morgen sind wir aufgestanden. Wir waren sehr aufgeregt. Nicht nur ich, sondern alle Kinder in der Unterkunft. Alle Eltern sind mitgegangen. Meine Mutter auch. Wir sind zur Schule gelaufen und haben Schultüten bekommen. Wir wussten nicht, was das ist, weil es in Syrien keine Schultüten gibt. Wir waren gespannt, was drin ist. Und dann sind wir in unsere Klassen gegangen. Ich war sehr schüchtern, aber meine Lehrerin war sehr sehr lieb und die Kinder auch. Sie haben mir alles gezeigt und erklärt. Meine Lehrerin war die Beste auf der ganzen Welt, ich werde nie vergessen, was sie mir alles gezeigt und erklärt hat.

MINNESOTA

Dersim

Einer der Anderen

„Ich würde gern über die Anderen schreiben", sagte er bei einem unserer ersten Treffen im Café Miteinander, „weil es immer die Anderen gibt, in jeder Kultur." Dersim gehört zu den Anderen in Deutschland. Er gehört aber auch zu den Anderen in Syrien und in der Türkei. Er hat Übung im Anderssein. Er kommt aus Derbessie, einer syrischen Stadt in der Nähe der türkisch-syrischen Grenze.
Er ist Syrer, aber auch Kurde. Was steht an erster Stelle? Dass er ein Mensch ist. Und dann noch Syrer und außerdem Kurde. Ist das wichtig, dass er Kurde ist? Doch, ja, denn er ist ein politischer Mensch.
Der Name Dersim bedeutet Silbernes Tor (Der=Tor, Sim=Silbern). Er ist aber auch der Name einer türkischen Provinz, in der die Türken 1937 einen kurdischen Aufstand blutig niedergeschlagen haben. Die Bewohner wurden aus ihren Dörfern vertrieben, die Dörfer zerstört. 100 türkische Soldaten starben und 13.806 kurdische Menschen. 2011 entschuldigte sich die türkische Regierung für das Massaker, und beging doch schon bald die nächsten, unter anderem in Kobane und in Nusaybin.
Dersim hat in Ankara Medizin studiert und ab Mai 2011 Demonstrationen vor der syrischen Botschaft organisiert. Er hat in kleinen türkischen Krankenhäusern in der Nähe der syrischen Grenze Menschen aus Kampfgebieten verarztet und als Übersetzer im UNHCR (United Nations High Commissioner for Refugees) gearbeitet. Er ist ebenso interessiert am Sufismus wie an der Glaubenswelt der Jesiden und Kopten. Aber auch an Philosophie und Literatur, an Geschichte und Geschichten.

Seine Schwester nannte ihn, als er ein Kind war, Cegerxwin. Cegerxwin ist der berühmteste kurdische Dichter des 20. Jahrhunderts. Viele Menschen in der Türkei und in Syrien kennen seine Gedichte auswendig, weil alle vertont sind – auch wenn die Menschen nicht wissen, dass die Liedtexte von ihm sind. Cegerxwin hat über die Liebe geschrieben, über die Aufstände der Kurden und die sozialen Ungerechtigkeiten in Kurdistan. Dersims Onkel hat seine Bücher geliebt, Dersims Großvater hat sie verbrannt. Dersim liest sie – und schreibt. Er ist aber auch ein leidenschaftlicher Schachspieler, Mitglied im Schachverein Ravensburg, er hat schon einige Turniere gewonnen.
Die Dame hat die größte Bewegungsfreiheit im Schach, im Gegensatz zu der Bewegungsfreiheit der Frauen in arabischen Ländern. Ich frage ihn, ob das nicht ein Widerspruch sei?
Da sagt er: „Bei uns ist die Dame der erste Minister."
Im Gespräch öffnet er Horizonte durch Feststellungen wie: „Eins und eins ist zwei. Das wurde so festgelegt. Aber warum ist das so? Es lässt sich auch vorstellen, dass eins und eins nicht zwei ist."
Sondern?
Elf vielleicht?
Denn er wurde am 11.11.1984 geboren, als elftes Kind einer kurdischen Familie in Derbessie, einer syrischen Stadt an der Grenze zur Türkei.
Dersim: „Meine Mutter erzählte, dass es bei meiner Geburt viel geregnet hat. Weil ich ein guter Schüler war, versuchte die Jugendorganisation der Baath-Partei mich zu gewinnen. Die Baath-Partei war an den Schulen präsent, alle Direktoren mussten Parteimitglieder sein. Wenn man Anhänger ist, hat man Vorteile. Ich habe mit meinen Geschwistern darüber gesprochen. Geh nicht, sagten sie. Es gibt eine faschistisch-totalitäre Seite der Organisation. Die Baath-Partei ist eine sozialistische Partei mit arabischer Ausrichtung, sie ist auch in anderen arabischen Ländern tätig, regiert aber nur in Syrien.

Es gab mehrere Phasen, inzwischen ist die Partei das Machtinstrument der Assads.
Wir hatten Felder mit Weizen und Baumwolle und einen Lastwagen, mein Vater und meine älteren Brüder haben Baumwolle und Weizen transportiert. Als die Kurden während des 2. Golfkrieg in den 90er Jahren gegen Saddam Hussein rebellierten, hat mein Bruder Waren in den Irak gebracht.
Außerdem transportierten mein Vater und mein Bruder kurdische Bücher, Zeitungen und Flugblätter aus einer Druckerei von Aleppo nach Derbessie und in die umliegenden Orte.
Mein Vater wurde 1939 in Derbessie geboren, er ist ein Anhänger Barzanis, der seit 2005 Präsident der Autonomen Region Kurdistan im Nordirak ist.
Meine Mutter kommt aus Amunda, das liegt in der Nähe von Derbessie. Meine älteste Schwester hat mich erzogen, sie lebt heute in Erbil, in Kurdistan. Sie wurde Grundschullehrerin und unterrichtete in der Parallelklasse, als ich eingeschult wurde. Ihr Mann kam aus Hasaka. Nach der Volkszählung von 1962 wurden die 120 000 Kurden, die in Hasaka lebten, zu Ausländern erklärt, man nahm ihnen die Staatsbürgerschaft, sie wurden staatenlos. 1993 gingen sie auf die Straße und setzten sich für ihre Rechte ein, auch der Mann meiner Schwester. Der Preis, den er dafür zahlte, war hoch, er kam ins Gefängnis, vier Jahre, bis 1996.
2003 habe ich Abitur gemacht, 2004 bin ich mit einer Gruppe von Freunden in die Türkei gegangen, um zu studieren. Wir waren einige Monate in Istanbul, machten die Aufnahmeprüfung und wurden auf verschiedene Universitäten verteilt. Ich kam nach Ankara und studierte Medizin.
Als die Revolution im März 2011 in Syrien begann, organisierte ich Demonstrationen vor der syrischen Botschaft in Ankara. Wir machten Plakate in Türkisch, Arabisch, Kurdisch und Englisch – und setzten uns für Frieden, Demokratie und Freiheit ein. Die Demonstrationen fanden jeden Freitag

statt, anfangs kamen nur 20 Leute, zum Schluss 500 bis 1000. Der syrische Geheimdienst war auch da, sie haben für Assad demonstriert und die Demonstranten geschlagen.
Die Demos machten wir von Mai 2011 bis Juli 2012. Am Freitag demonstrierten wir, den Rest der Woche lernten wir für die Uni. Nach einem Massaker in Homs, bei dem 200 Menschen umgebracht wurden, wollten wir im Januar 2012 die syrische Botschaft besetzen. Die Botschaft war umgeben mit einem Zaun und Stacheldraht. Davor standen türkische Polizisten. Sie waren bewaffnet und sagten: Wenn ihr diese Grenze überschreitet, schießen wir.
Mein Freund drückte den Arm eines Polizisten nach unten, der ein Maschinengewehr in der Hand hielt. Ich sah es und hatte Angst, dass sich aus Versehen ein Schuss löst und jemand verletzt wird. Da habe ich die Aktion abgeblasen. Viele Medien waren da und das Fernsehen. Wir haben uns für Freiheit, Gleichheit und Demokratie eingesetzt. Und für Frieden. Aber Frieden kann man nur auf friedliche Weise erreichen.

Viele waren verletzt, verbrannt von Kopf bis Fuß.

Ab Juli 2012 arbeitete ich in einem türkischen Krankenhaus in Reyhanlı an der syrischen Grenze. Ich habe Verletzte getragen, erste Hilfe geleistet, habe operiert, war Krankenpfleger und Übersetzer. Ein paar Tage vor dem Zuckerfest im August 2012 wurde Idlib bombardiert. Viele waren verletzt, verbrannt von Kopf bis Fuß. Wir mussten entscheiden, wem wir helfen. Wir konnten nicht allen helfen, wir mussten entscheiden, wer unsere Hilfe am dringendsten braucht.
Wir hatten nur ein kleines Budget, es war ein kleines Krankenhaus. Unterstützt wurden wir unter anderem von Ghasan Aboud, einem reichen Syrer, der auch Geld aus Europa und den USA vermittelte. Wir arbeiteten mit *Ärzte ohne Grenzen* zusammen. Wir hatten keine Probleme, Medikamente zu

bekommen, aber wir hatten nicht die notwendigen Geräte. Ich lebte im Krankenhaus – ich habe da auch geschlafen. Ein Arzt aus Idlib wurde zu einem guten Freund, er war 55 Jahre alt, ein Internist, er lebt jetzt in Norwegen.

Als Homs belagert wurde, kamen Verletzte aus Homs zu uns. Sie wurden durch die Kanalisation gerettet. Sie kamen zwischen 3 und 4 Uhr morgens, wir haben sie an der Grenze abgeholt und zu verschiedenen Krankenhäusern gebracht. Durch die Keime in der Kanalisation infizierten sich viele Wunden, das war zusätzlich schwierig.

In Altshausen traf ich einen Mann aus Homs, den ich wiedererkannte. Ich fragte ihn, ob er in unserem Krankenhaus gewesen sei. Er bejahte. Er hatte seine Augen verloren und einen Teil seiner Lunge, er war längere Zeit in der Türkei und ist dann nach Deutschland gegangen.

Sieben Monate habe ich im Krankenhaus in Reyhanlı gearbeitet, dann ging ich für einen Monat nach Derbessie, anschließend nach Ankara und arbeitete für den UNHCR (United Nations High Commissioner for Refugees) als Übersetzer für Englisch, Arabisch, Kurdisch und Türkisch, ein Jahr lang, von April 2013 bis April 2014.

Die UNHCR funktioniert nach eigenen Gesetzen. Dort arbeiten viele Diplomaten, die eigentlich keine Ahnung haben von der Notlage der Menschen, die zu ihnen kommen. Einerseits wird einem Flüchtling, der um 100 Euro bittet, das Geld verweigert, andererseits wird viel Geld ausgegeben für Empfänge von Diplomaten im Hotel Sheraton. Dieser Widerspruch war einer der Gründe, warum ich wieder aufhörte, für den UNHCR zu arbeiten.

2013 wurde ich zwei Mal eingeladen zu Kongressen in Beirut über die Zukunft Syriens. Das war spannend, aber es fehlten kontroverse Diskussionen. Es wäre wichtig gewesen, die Position der unterschiedlichen Gruppierungen kennenzulernen, die an den Kämpfen beteiligt und von ihnen betroffen sind.

Im April 2014 ging ich von Ankara nach Nusaybin und arbeitete wieder im Krankenhaus. Nusaybin ist eine alte Stadt mit vielen Kirchen. Früher wurden hier christliche Bischöfe ausgebildet. Bei den Wahlen am 7. Juni 2015 zog die kurdische Partei HDP ins Parlament in Ankara ein, sie knackte die 10-Prozent-Hürde, und die AKP verlor ihre absolute Mehrheit. 93 Prozent der Einwohner Nusaybins hatten für die HDP gestimmt. Kurz nach der Wiederholung der Parlamentswahl im November, in der die AKP die absolute Mehrheit zurückgewann, verhängte Erdogan monatelange Ausgangssperren und ließ kurdische Wohnviertel bombardieren.
Viele starben. Die Lage war zunehmend aussichtslos.
Im August 2015 beschloss ich, nach Deutschland zu gehen. Ich habe die Entscheidung aus dem Bauch heraus getroffen. Es machte keinen Sinn mehr, im Krankenhaus zu arbeiten. Ich war in Lebensgefahr. Deshalb bin ich gegangen.

Flucht

Ich habe meinen 13-jährigen Neffen Awat mitgenommen, weil der Vater Angst hatte, dass sein Sohn rekrutiert würde. Das ist eine der schrecklichen Seiten des Kriegs in Syrien, dass viele Kinder rekrutiert werden – von allen beteiligten Gruppen: von ISIS, der YPG, von Al-Nusra und von Assads Armee.
Mit Awat und einem Freund bin ich von Nusaybin nach Izmir gefahren, und von einem Berg in der Nähe von Izmir sind wir auf eine griechische Insel übergesetzt, für 1200 Euro. Ein Boot, in dem normalerweise Platz war für vier Personen, wurde mit 24 Personen gefüllt. Wir trugen Schwimmwesten, die wir uns selbst gekauft hatten, die waren in den 1200 Euro nicht inbegriffen.
Wir waren 100 Leute, die in zwei Gruppen geteilt wurden, in einer Gruppe waren die Familien mit den Frauen und Kindern, die kamen in ein größeres Boot, in der anderen Gruppe

waren die Einzelpersonen. Es war eine Nacht im August 2015, zwei Leute waren für die Organisation der Überfahrt zuständig, einer war türkischer Kurde, der andere aus Usbekistan, beide schrecklich. Zwei Leute haben das Boot gelenkt, sie kamen aus der Ukraine oder aus Russland.

Normalerweise dauert die Überfahrt eine halbe Stunde, unsere Überfahrt dauerte 13 Stunden, weil wir einem Boot der Küstenwache ausweichen mussten. Am Nachmittag des nächsten Tages kamen wir an. Wir hatten großen Durst, wir hatten nicht getrunken, um auf dem Boot nicht pinkeln zu müssen. Ein Junge aus dem Irak musste ganz dringend pinkeln, konnte aber nicht, weil er sich schämte. Er hatte Schmerzen, weil seine Blase so voll war. Es dauerte, bis er loslassen konnte und dann doch pinkelte.

Wir kamen zu einer Insel. Als wir anlegten, tauchte die Küstenwache auf und nahm die zwei Männer fest, die die Boote gelenkt hatten. Sie bekamen vermutlich ein Verfahren wegen illegalen Menschenhandels.

Die Insel war felsig und sah unbewohnt aus. Wir sind fünf Stunden gelaufen. Ich hatte eine Flasche Wasser in meinem Rucksack, aber das habe ich niemandem gesagt. Mein Freund und ich haben nur wenig getrunken, wir haben meinen Neffen trinken lassen. Wir haben versucht, die griechische Küstenwache anzurufen, weil wir alle großen Durst hatten.

Es gab Tiere und alte Häuser, aber keine Menschen. Wir hatten die Hoffnung schon aufgegeben, auf einen Menschen zu stoßen, als wir ein Ehepaar trafen, Touristen, die uns Wasser gaben. Es war heiß, es war bergig, wir haben die Nacht draußen verbracht.

Als wir schließlich zu einem Ort kamen, gingen wir zur Polizei, die brachte uns zu einer anderen Insel. Drei Tage blieben wir in einem Hotel, bevor wir weiterfahren konnten nach Athen, und von Athen nach Thessaloniki. An der mazedonischen Grenze drängten sich die Menschen, sie wurden nicht über

die Grenze gelassen. Wir haben eine Nacht auf dem Bahnhof geschlafen, und sind am nächsten Tag mit dem Zug zur serbischen Grenze gefahren.
Wir haben die serbische Grenze überquert und liefen zur nächsten kleinen Stadt, wo wir uns als Flüchtlinge meldeten. Wir bekamen ein Papier von der Polizei und ein Visum für drei Tage. Ohne Visum hätten wir nicht in Hotels übernachten können. Wir fuhren nach Belgrad, wo wir eine Woche blieben. In einem Café lernten wir einen Mann aus Tunesien kennen, der versprach, uns über die ungarische Grenze zu bringen. Er wollte Geld, wir gaben es ihm, er fuhr uns ein Stück an einen Wald, sagte, dass wir in den Wald hineingehen sollten, jemand würde kommen und uns zur Grenze bringen. Aber es kam niemand. Da bin ich zurück nach Belgrad gegangen, in das Café, in dem wir den Tunesier kennengelernt hatten, und tatsächlich war er da, saß wieder an einem der Tische.
Ich fragte ihn, warum niemand gekommen sei.
Es habe Probleme gegeben, sagte er, und dann: Wir sind doch alle Muslime... Wenn jemand so etwas sagt, werde ich sofort misstraurisch.
Ein Mann hat uns mit einem Taxi zur serbisch-ungarischen Grenze gebracht. Er ließ uns in einiger Entfernung zur Grenze aussteigen und sagte: Geht!
Inzwischen war an der Grenze ein dreieinhalb Meter hoher Zaun gebaut worden mit Stacheldraht. Wir kamen zu dem Zaun und beschlossen zu warten. In der Nacht wollten wir rüberklettern. Ich habe mich an dem Stacheldraht verletzt, es hat stark geblutet. Ein Mann war dabei, der 45 Jahre alt war, er kletterte zuerst, dann mein Neffe, dann ich.
Als wir auf der anderen Seite waren, gingen wir 20 Kilometer. Wir hatten Angst vor den Ungarn, wir trauten uns nicht, jemanden zu fragen. Wir haben in einer kleinen Stadt geschlafen, zwischen Bäumen, wo uns niemand sehen konnte. An einer Tankstelle hat mein Neffe etwas zu Essen und Trinken

gekauft, wir dachten, dass es besser ist, wenn er das macht, einen Jungen wird man nicht festnehmen.
Ein Mann fragte uns: Seid ihr Flüchtlinge? Wir bringen euch nach Budapest für 50 Euro pro Nase.
Wir haben neben dem Bahnhof zwei Nächte geschlafen, erst in einem Hotel, das wir aber verlassen mussten, als Touristen kamen. Das schadet dem Image, sagte der Wirt, wenn bekannt wird, dass in meinem Hotel auch Geflüchtete übernachten.
In einem Café bekamen wir Kaffee in Pappbechern. Normale Gäste bekamen den Kaffee in Tassen, syrische Flüchtlinge bekamen ihn in Pappbechern, als wären wir Aussätzige mit einer ansteckenden Krankheit.
Eine Nacht schliefen wir draußen.
Dann wurden wir von zwei Rumänen nach Wien gebracht, für 800 Euro pro Person, in einem Jeep, der ziemlich groß war und in dem 10 Personen Platz hatten. Wir blieben ein paar Stunden in Wien und fuhren mit einem Zug nach München, der sehr sehr voll war. Wir wollten weiter nach Norwegen. In Stuttgart wurde uns gesagt, dass das nicht ginge, weil wir illegal in Deutschland seien. Fingerabdrücke wurden genommen, es war chaotisch, aber alle konnten schlafen und wir bekamen etwas zu essen. Von Stuttgart kamen wir nach Altshausen."

Die Wände haben Ohren

Muna: „Afrin besteht aus sieben Dörfern und liegt im Norden von Syrien. Meine Mutter lebt in einem dieser Dörfer. Es wird hauptsächlich Kurdisch gesprochen. Es gibt Moscheen, eine Zitadelle. Muslime, Christen und Jesiden leben friedlich zusammen, die Christen haben Kirchen und eigene Schulen. Wir reden nicht über Politik. Die Mauern haben Ohren, sagen die Leute."
Mohamed: „Wir haben weder zuhause noch an der Uni über Politik gesprochen. Alle alten Leute haben gesagt, dass die Wände Ohren haben, sie wissen, was früher passiert ist." Passiert sind Aufstände gegen den Vater von Baschar al-Assad, zwischen 1976 und 1982. Ein Aufstand in Aleppo 1980 wurde blutig niedergeschlagen, der Bruder von Hafiz al-Assad ließ die Stadt bombardieren, Tausende starben, Tausende wurden verhaftet, verschwanden jahrelang in Gefängnissen.
Dersim: „Im Dorf konnte man eher über Politik sprechen, da kannte jeder jeden. Es war nicht so einfach, die Leute zu kontrollieren. Meine Familie war immer eine politische Familie. Der Mann einer meiner Schwestern war vier Jahre im Gefängnis. Die kurdische Partei ist stark in unserer Stadt. Man wusste, wer ein Verräter war. Assad fürchtete die sunnitische Bewegung mehr als die Kurden."

Dersim

Deine Zunge ist dein Ross, es rettet oder verrät dich

Der Grund aller Schwierigkeiten und Probleme ist die Zunge. Es gibt viele arabische und kurdische Redensarten, in denen es um die Zunge geht, darum, aufzupassen, was man sagt und was nicht, darum, die Zunge im Zaum zu halten.
Was man sagen durfte, wo und wem, war für mich als Kind einer politischen Familie ein großes Problem, und für meine Familie wahrscheinlich ein noch größeres.
Eines Tages stand mein Vater vor der Haustür und sprach mit unserer arabischen Nachbarin, die mit ihren Schafen von ihrem Land nach Hause ging. Ich hatte ferngesehen, lief zu meinem Vater und sagte: „Der Hurensohn Hafiz al-Assad ist im Fernsehen."
Obwohl ich diese Wörter von meinem Vater und von meinem älteren Bruder gehört hatte, wurde ich bestraft – einerseits, weil ich ein Schimpfwort verwendet hatte, andererseits, weil es gefährlich war, so von Assad zu sprechen vor Leuten, die nicht vertrauenswürdig waren.
Jahre später wusste ich, dass ich Zeuge von gefährlichen Zusammenkünften war, an denen ich mich später als Teenager auch beteiligen würde. Monatlich traf sich eine größere Gruppe von Männern bei uns zu Hause, sie lasen etwas und diskutierten, dann verließen sie das Haus, nicht zusammen, sondern zu zweit, alle fünf Minuten ein Paar. Nach dem Treffen nahm der Mann meiner Schwester die gelesenen Papiere und verbrannte sie – mit allen Dokumenten. Das war wie ein Ritual.
Während die Männer sich in der Nacht trafen, kamen die Frauen am Nachmittag zusammen, weil sie in der Nacht nicht draußen sein konnten. Die meisten waren Verwandte

und Nachbarinnen. Meine ältere Schwester musste meine Mutter austricksen, um bei dem jährlichen Treffen der Frauenorganisation der Kurdischen Partei dabei zu sein. Weil sich die Teilnehmerinnen in einem kleinen Dorf trafen, abseits der Augen des Geheimdienstes, musste sie dort auch übernachten. Sie behauptete, dass sie ihre Tage hätte und im Bett bleiben müsste, legte zwei Kissen unter die Decke, und kam erst früh am nächsten Morgen zurück.
Die Haustür war die Grenze zwischen total unterschiedlichen Welten, draußen redete man über sein Land, über seine Schafe und über sein Auto, zuhause wurde politisch diskutiert: Warum kämpfen wir nicht mit Waffen wie die Kurden im Irak und in der Türkei? Wie können wir die kurdischen Parteien vereinigen? Was sollen wir mit den Verrätern machen? Sollen wir sie schlagen? Über diese Fragen diskutierten die Familie und die Gäste die ganze Nacht.
Zuhause war eine Insel im Meer der Verbote. Um zu überleben, musste man die Grenze zwischen diesen gegensätzlichen Welten sehr gut kennen. Draußen, im Meer der Verbote, musste alles versteckt werden, die eigene Meinung, die Liebe, der Hass, das Glück, der Ärger und die Hoffnung.

Wie mein Vater, wie mein Name
Wie mein Blick, bin ich verboten
Wie meine Wunde, wie meine Liebe
Wie meine Schritte, bin ich verboten
Ich komme aus dem Land des Verbots
Die Wirklichkeit ist verboten
Ich bin verboten
Lies mich nicht, sieh mich nicht an,
Schreibe mir nicht, erkenne mich nicht
Verbrenne dich nicht an meiner Flamme
Ich bin verboten
In unserem Land ist alles verboten
Wie meine Wunde, wie meine Liebe
Wie meine Schritte, bin ich verboten

Hekim Sefqan

Gespräch mit Qutaiba und Barakat

Alles brannte, sogar die Wiesen

Qutaiba kommt aus Idlib. Mit ihm sprach ich vor der Unterkunft in Meckenbeuren im Juni 2015. Hellgraue Container standen zwischen Bahnhof und Friedhof. Es war ein warmer Sommerabend, wir saßen an einem Gartentisch auf Stühlen aus weißem Plastik. Weil Qutaiba nicht gut Englisch sprach, übersetzte Barakat ins Englische, was Qutaiba erzählte, und übersetzte meine Fragen ins Arabische.

Qutaiba: „Ich bin 24 Jahre alt und mit meinem drei Jahre älteren Bruder gekommen. Ich sollte zur Armee gehen, aber ich wollte nicht töten, nicht meine Brüder, nicht meine Nachbarn. Deshalb bin ich mit meinem Bruder in die Türkei geflohen. In der Türkei wurden wir gut behandelt. Ich war in verschiedenen Städten und suchte Arbeit. Weil ich keine fand, beschloss ich, nach Deutschland zu gehen. Eine Cousine lebte in Saudi-Arabien, sie organisierte das Geld für die Flucht."

Ich: „Hätten Sie nach Saudi-Arabien gehen können?"

Qutaiba: „Nein, es gibt keine Möglichkeit, nach Saudi-Arabien zu gehen."

Barakat: „This movie is much bigger than us. In Saudi-Arabien sind sie nicht wirklich Muslime, sonst würden sie uns helfen. Es war nie einfach, nach Saudi-Arabien zu gehen. Der Konflikt zwischen Schiiten und Sunniten ist nicht das Problem – früher hatten wir diese Probleme nicht, aber als der Krieg begann, suchten sie nach Gründen. Vorher haben wir friedlich zusammen gelebt, Christen und Muslime, Sunniten und Schiiten. Und dann begannen sie mit dem Movie..."

Ich: „Welche Rolle spielt Assad?"

Barakat: „Die Rolle von Assad? Er hat die Städte bombar-

dieren lassen, der Cousin von Qutaiba starb und seine zwei Kinder. Jemand, der andere tötet, der die eigene Bevölkerung tötet, hat nichts mit dem Islam zu tun."
Und er wiederholt: „This movie is much bigger than us. Assad ist ein Diktator, er hat Syrien zerstört, er hat Syrien auf dem Gewissen. Die Araber helfen nicht, obwohl sie die gleiche Sprache sprechen. Es geht nicht um die Rolle der Russen, es geht nicht um die Rolle der Amerikaner, es geht um die Frage, warum die Araber nichts machen. Wir reden jeden Tag darüber."
Qutaiba: „Nach der Bombardierung brannte Idlib. Alles war zerstört, alles brannte, die Häuser, die Menschen... Sogar die Wiesen, das Gras..."
Qutaiba sagt etwas, Barakat übersetzt: „He faced death. Er wäre fast umgekommen. Er hat Menschen sterben sehen..."
Dersim wird 2017 erzählen: „Ein paar Tage vor dem Zuckerfest im August 2012 wurde Idlib bombardiert. Viele waren verletzt, verbrannt von Kopf bis Fuß. Wir mussten entscheiden, wem wir helfen. Wir konnten nicht allen helfen, wir mussten entscheiden, wer unsere Hilfe am dringendsten braucht."
Ich: „Wie lange waren Sie auf der Flucht?"
Qutaiba: „Sieben Monate. In Syrien bist du in Lebensgefahr, aber nach Deutschland zu kommen, ist fast noch gefährlicher. Es gibt tausend Möglichkeiten, zu sterben auf dem Weg hierher. Wir wurden bestohlen. Wir haben uns einer Gruppe von Flüchtlingen angeschlossen, um ein wenig geschützter zu sein. Wir gingen nur in der Nacht, ohne Guide. Von Budapest nach Deutschland fuhren wir mit dem Auto. Meine Mutter und meine Schwester sind noch in Idlib, und meine Freundin ist in Aleppo."
Es gibt einen kurzen Wortwechsel zwischen Qutaiba und Barakat, sie scherzen, es geht um Frauen.
Qutaiba sagt mit einem schönen Ernst: „Ich liebe meine Freundin."

Ich: „Was haben Sie in Idlib gemacht?“
Qutaiba: „Ich habe Tourismus studiert, Hotelscience. Ich war gerade fertig geworden. Seit wir hier sind, ist es besser, hier gibt es Hilfe. Sogar die Polizei ist freundlich. Sie versuchen, uns alles zu erklären und zu helfen. Bulgarien ist schrecklich. Ungarn ist schrecklich. In Ungarn waren wir zwei Tage im Gefängnis. Wir wurden geschlagen und getreten. Es gab Container like this but smaller. Sie nahmen Fingerabdrücke. Ich will alles, nur nicht zurück nach Ungarn.“
Barakat: „Die Gewalt ist wie ein Virus. Wir diskutieren oft: Was passiert, wenn Assad weg ist? Wir fürchten, dass die Gewalt weiter geht. Es gibt viele Geheimnisse… Woher kommen die Waffen? Wer bezahlt sie? Vorher hatten wir keine Ahnung von Waffen, aber jetzt kennen sich alle aus. Die Waffen kommen aus anderen Ländern. Irgendjemand hat ein Interesse daran, dass der Krieg nicht endet. Wir finden die Tür nicht, die rausführt, raus aus dem Krieg.“

Schätze

Nach meinem ersten Gespräch im Juni 2015 in der Unterkunft in Meckenbeuren wollte ich eine Syrienkarte kaufen. Ich ging in eine Buchhandlung, die gut sortiert ist und eine reichhaltige Kartenabteilung hat. Und doch gab es keine Karte von Syrien. Die Buchhändlerin sagte ganz ohne Ironie: „Zur Zeit will niemand nach Syrien. Aber ich kann Ihnen die Karte bestellen."

Drei Tage später holte ich die Karte ab. Zuhause schlug ich sie auf und sah Damaskus, Aleppo, Homs und Rakka. Ich sah den Euphrat und den Tigris, das mythische Flusspaar, von dem ich schon als Kind gehört hatte, hier lag der Garten Eden. Es war, als ob das Leid der Menschen, die in diesen Orten leben, plötzlich wahr und real geworden wäre, durch die Ortsnamen, die ich sah, schwarz auf weiß. Und ich trauerte um die Menschen, die diesen Krieg erleiden mussten und müssen, um die Städte, die alt sind und nun in Trümmern liegen, um das Zweistromland, Wiege der Menschheit, Ort der ersten Hochkulturen der Sumerer, Erfinder der Schrift.

Ich ließ mir von den Geflüchteten zeigen, woher sie kamen, bei den Interviews 2015 in Meckenbeuren, Markdorf und Meersburg, und zwei Jahre später bei den Gesprächen in Ravensburg.

Dersim zeigte und sagte: „Hier lag Mesopotamien. Das ist eine alte Erde, die vor Tausenden von Jahren besiedelt wurde. Gilgamesch lebte hier und Enkidu. Und im Gegensatz zu heute war überall Wald. Man sagt, dass sich ein Affe von Basra nach Bagdad bewegen konnte, ohne den Fuß auf die Erde zu setzen. Aber Gilgamesch brachte den Wächter des Waldes um, und dann wurde gerodet – der heilige Wald fiel, ein Baum nach dem anderen..."

Dersim zeigt auf Tall Aylun, eine archäologische Ausgrabungsstätte in der Nähe von Derbessie: „Nach dem Regen gingen wir übers Land und fanden alte Sachen, Schmuck, Werkzeug, Gefäße. Das hätten wir eigentlich abgeben müssen, aber das machte niemand. Nachbarn haben auf ihrem Feld einen Schatz gefunden, Münzen, das war, als ich 11 oder 12 Jahre alt war."

Muna: „Bei uns war das auch so, auf dem Land von Afrin. In der Nacht zogen die Leute los und gruben nach Gold und römischen Münzen."

Mohamed: „In Aleppo gibt es viele alte Häuser. Weil es früher keine Banken gab, haben die Leute ihr Geld im Boden oder in den Wänden versteckt. Eins dieser Häuser wollte mein Vater kaufen, leider war es zu teuer. Diejenigen, die das Haus kauften, haben bei der Renovierung viel Gold gefunden."

Dersim: „Seitdem Krieg ist, werden die Museen und archäologischen Ausgrabungsorte geplündert." Und mit Blick auf Tigris und Euphrat: „Das Wasser, das die zwei Flüsse Mesopotamiens speist, kommt aus den Augen der Mütter. Es sind die Tränen, die sie vergießen, seitdem Krieg ist im Irak und in Syrien."

Noah landete auf einem kurdischen Berg, dem Ararat

Sie sind Brüder, sie heißen Dalil und Diyar, sie kommen aus Mashuq, einem Dorf in der Nähe von Hasaka. Ich treffe sie in der Wohnung von Dalil und Shinda, die verheiratet sind und zwei Kinder haben, eine vierjährige Tochter und einen zweijährigen Sohn.

„Wir hatten hundert Lamas“, sagt Dalil, „sie wurden gemolken, die Milch verkauft, daraus wurde Käse gemacht, Joghurt und arabische Butter. Im Dezember wurde ein Teil der Lamas verkauft. Außerdem hatten wir eine schwarzweiße holländische Kuh, die den ganzen Tag fraß und viel Milch gegeben hat, und ein Bienenhaus mit vielen Stöcken. Meine Oma holte die Waben raus. Ich habe Honig gegessen, bis mir schlecht war.“

„Einmal kam ein Flugzeug“, sagt Diyar, „und sprühte weißes Zeug. Da starben die Bienen. Alle. Unsere Oma hat es zu spät gemerkt, sonst hätte sie die Tür des Bienenhauses geschlossen.“

Diyar ist 20 Jahre alt, *diyar* bedeutet *klar*, er ist ein junger Mann mit einem klaren Verstand.

„Es heißt: Ich bin in der Schule. Auf die Frage: Wo? folgt Dativ, auf die Frage: Wohin? Akkusativ. Deshalb heißt es: Ich gehe in die Schule.“

Diyar geht in die Schule, jeden Tag von 8 – 13 Uhr, er hat Deutsch, Mathe, Erdkunde und Kunst. Ich frage nach dem Unterschied zwischen der Schule in Syrien und in Deutschland.

Diyar: „Wie Himmel und Erde.“

„Was ist Himmel?“

„Die deutschen Schulen. In meinem Dorf sprachen die Lehrer Arabisch und die Kinder Kurdisch, sie wurden jeden Tag geschlagen.“

Sein älterer Bruder Dalil ergänzt: „Nicht die Lehrerin schlug, sondern der Direktor. Die Lehrerin schickte die Kinder zum Direktor, sie mussten sagen: Ich habe etwas falsch gemacht, ich muss geschlagen werden. Man musste darum bitten. Ich war laut und habe gestört, bitte schlägst du mich.“

Diyar: „Meine Französischlehrerin hat mit den Händen geschlagen, und weil ihr irgendwann die Hände weh taten, hat sie mich getreten. Anschließend musste ich mich dafür bedanken. Danke, dass du mich getreten hast.“

Deshalb mag Diyar Französisch nicht.

Der kleine Hussein hat inzwischen die Turnschuhe seines Onkels Diyar angezogen, sie sind wie Boote, er durchschifft mit ihnen das Wohnzimmer.

Als sie noch in Mashuq lebten, gingen Dalil und Diyar vormittags in die Schule, nachmittags wurde gelernt – und gespielt. Dalil spielte am liebsten mit dem Esel. Was dem Vater nicht recht war.

Dalil: „Auch mein Vater hat mich viel geschlagen. Mein Opa sagte zu meinem Vater: Hab ich dich jemals geschlagen? Nein. Warum schlägst du dann deine Kinder?“

Der Umzug nach Damaskus war schwierig, vom Land in die Stadt, alle sprachen nur Arabisch.

Dalil: „Anfangs bin ich nie mit dem Bus gefahren, weil ich nicht wusste, wie ich zum Busfahrer sagen sollte: Bitte halten Sie an, hier muss ich aussteigen. In Syrien gibt es keine Bushaltestellen, da sagt man, wo man aussteigen will.“

Als er anfing zu arbeiten, dachte er, er würde 20 $ pro Tag bekommen, aber es waren 20 $ in der Woche. Er hat keinen Arbeitsvertrag unterschreiben müssen, kein Formular, nichts, im Gegensatz zu Deutschland. In Deutschland muss man alles schriftlich machen, in Syrien macht man es mündlich.

Dalil: „Viele Kurden haben keinen Ausweis. Stattdessen ein

rotes Papier, das zeigt, dass du Kurde bist. Das bedeutet, dass du nicht reisen darfst, nicht studieren, dass du keine Verträge schließen und keine Wohnungen kaufen kannst. Oder Autos. Das geht alles nur über Freunde, die keine Kurden sind.
Einmal wollte ich von Damaskus nach Latakia fahren. Am Bahnhof sollte ich meinen Ausweis zeigen. Ich sagte: Ich bin Kurde, ich habe keinen Ausweis. Dann darfst du nicht fahren, sagte der Beamte. Aber ich bin Syrer, und ich muss nach Latakia. Dann gehst du bitte zur Security und holst dir eine Unterschrift. Also ging ich zur Security und bat um die Unterschrift: Gibst du mir bitte eine Unterschrift, mein Bus fährt in 10 Minuten. Da fragt er: Warum hast du keinen Ausweis? Ich bin Kurde, sagte ich. Dann gehst du raus und wartest, sagte er. Aber mein Bus fährt gleich, sagte ich, ich muss zur Arbeit. Das hat ihn nicht interessiert. Er ließ mich warten. Weil ich Kurde bin und keinen Ausweis hatte."
Diyar ergänzt: „Es gibt drei Ausweise, einen Ausweis erster Klasse für die Alawiten. Assad ist Alawit, dieser Ausweis öffnet dir jede Tür. Den Ausweis zweiter Klasse bekommen alle anderen. Und der Ausweis dritter Klasse ist für die Kurden."
Den gab es aber erst ab 2014, als Assad die Kurden brauchte für den Krieg. Diyar: „Mein Opa hatte einen Traum, er sah einen Ausweis vor sich mit seinem Foto. Tatsächlich hat er 2014 einen Ausweis bekommen, kurz bevor er starb. Mein Opa ist 107 Jahre alt geworden."
Ich frage Shinda und Dalil, wie sie sich kennengelernt haben. Dalils Bruder Diyar antwortet: „Wie Romeo und Julia."
Dalil: „Ein Onkel von uns kannte die Familie von Shinda. Sie vereinbarten ein Treffen im Haus von Shindas Eltern. Ich kam mit meinen Eltern und dann saßen wir im Wohnzimmer. Alle schauten mich an. Shinda saß links von mir. Ich saß da mit verschränkten Armen."
Sie gefielen sich, zwei Tage später kam die Zusage zur Heirat, am dritten Tag gab es eine kleine Party zuhause bei Shinda,

viele Männer kamen zusammen, der Vater von Dalil, der Vater von Shinda, der Onkel, da wurde dann der Brautpreis verhandelt.
„Mein Vater will alles schnell machen", sagt Dalil, „nicht ewig lang warten, sondern zahlen und fertig."
Dalil musste Goldschmuck kaufen für Shinda und der Brautfamilie schicken. Vier Monate später war die Hochzeit. Shinda ging zum Friseur, auch das musste Dalil zahlen.
„Sie war von 11 bis 18 Uhr beim Friseur!"
In seiner Stimme schwingt ein resignatives, aber amüsiertes Staunen mit. Er ging mit seinem Schwager ins Hamam und ebenfalls zum Friseur, bei ihm dauerte das Haareschneiden eine halbe Stunde.
Das Hochzeitsfest fand in einer Halle statt, die er gemietet hatte. Sie fuhren mit einem weißen Auto hin, ebenfalls gemietet und festlich geschmückt. Es dauerte, bis Shinda kam, alle warteten.
„Ich war noch nicht fertig mit dem Make-up", sagt sie.
Sie trug ein traumhaftes weißes Kleid. Dalil zeigt mir die Fotos auf seinem Smartphone. Sie wurden getraut von einem Imam.
„Er lebt nicht mehr", sagt Dalil, „er wurde von einer Bombe getroffen."
Der Imam kam zu ihnen nach Hause, führte die Zeremonie durch, und dann wurde getanzt.
„Wir sind Muslime, aber normal, es gibt keine Vorschriften, dass die Frauen sich verschleiern sollen. Es kommt auf den Charakter an, nicht auf die Kleidung. Am 3.3.2011 war die Hochzeit, ein paar Tage später begann der Krieg."
Ihre Wohnung in Damaskus wurde von Assads Militär beschlagnahmt. Deshalb ging die Familie im Dezember 2011 nach Qamischli. Und als die Tochter Jana ein Monat alt war, zogen sie nach Kurdistan in den Irak.
„Es gibt unterschiedliche kurdische Dialekte", sagt Dalil, „die

Kurden aus Dohuk verstehe ich zu 100 Prozent, die aus Erbil nur zu 20 Prozent. Vormittags habe ich als Maler gearbeitet, nachmittags als Tellerwäscher in einem Restaurant. Ich habe Tag und Nacht gearbeitet. Als ich zur Arbeit ging, hat meine Tochter noch geschlafen, als ich zurückkam, hat sie schon wieder geschlafen. Ich habe meine Tochter nur am Freitagvormittag gesehen. Am Freitagabend musste ich wieder ins Restaurant."

„Und wie sieht es in Kurdistan aus?"

„Die Gegend ist sehr schön", sagt Dalil. „Es gibt hohe Berge wie in der Schweiz."

„Und warum seid ihr gegangen?"

„Der Krieg kam zu uns. Der IS hat Mossul und andere Städte angegriffen. 2013 beschlossen wir, nach Deutschland zu gehen. Wir mussten einen Teil des Hochzeitsschmucks von Shinda verkaufen. Am 19. Oktober gingen wir zu Fuß über die syrisch-türkische Grenze. Seit einem Jahr sind wir in Deutschland – erst in Meersburg, jetzt in Markdorf."

„Übrigens landete Noah mit seiner Arche auf einem kurdischen Berg, auf dem Ararat", sagt Diyar.

Und Dalil sagt: „Abraham ist der Vater aller Menschen, von Juden, Christen und Muslimen. Wir nennen ihn Ibrahim."

Dalil und Shinda haben viele Geschwister.

„Wenn der Strom ausfiel", erzählt Diyar, „spielten wir das Spiel mit dem Ring. Eine Gruppe bekam den Ring, die Hände wurden unter die Decke gesteckt, der Ring weitergegeben. Dann kamen die Hände auf die Decke und jemand von der gegnerischen Gruppe musste raten, in welcher Hand sich der Ring befand."

Licht kam von Kerzen und vom Holzofen.

Manchmal spielte der Großvater auf der Kamanscha, einer Art Laute mit langem Hals, und sang eine Geschichte mit vielen Strophen. Eins dieser Lieder war eine Romeo-und-Julia-Geschichte, an deren Ende sie sich in einen Abgrund stürzt, weil

sie so verzweifelt ist. Er folgt ihr in den Tod, weil er sie so liebt.
„Wir hatten immer viel Spaß, wenn alle zusammen waren", sagt Shinda.
Sie haben Lust, weiter zu erzählen, von Syrien und von dem Großvater, von den Geschwistern und von ihren Eltern, denn solange Dalil, Diyar und Shinda von ihnen erzählen, sind sie da.

Dersim

Ich komme von der anderen Seite der Eisenbahn

Im Jahr 1900 hat das deutsche Kaiserreich einen Vertrag mit dem osmanischen Reich geschlossen, um eine Eisenbahn zu bauen. Der Startpunkt der Strecke war Berlin, sie sollte durch verschiedene europäische Länder führen: durch Österreich, Ungarn und Griechenland bis Istanbul, und von Istanbul nach Ankara, Aleppo und Bagdad bis zum Hafen von Basra am persischen Golf. Die Absicht des Projekts war, Europa und Asien zu verbinden, damit das Deutsche Kaiserreich wirtschaftlich mit Frankreich und Großbritannien konkurrieren konnte.
Nach dem ersten Weltkrieg wurde diese Eisenbahn von den Franzosen und Engländern als trennende Linie betrachtet, das Land nördlich der Eisenbahn wurde als türkisches Territorium und das Land südlich der Eisenbahn als französisches Territorium betrachtet und später Syrien genannt.
Derbessie liegt an dieser Eisenbahnstrecke und war um 1900 ein kleines Dorf mit einigen Dutzend Häusern. Es wurde durch die Eisenbahn geteilt, der nördliche Teil liegt in der Türkei und wurde *Derbessie ya serxete* genannt, in Kurdisch bedeutet das: *Derbessie oberhalb der Eisenbahn*, und der südliche Teil hieß: *Derbessie ya binxete*, also *Derbessie unterhalb der Eisenbahn*.
Später wurde die Grenze mit einem Zaun und Minenfeldern verstärkt. Als Kind wurde ich oft davor gewarnt, mich der Grenze zu nähern. Die Bewohner erzählten Geschichten von Schäfern, die von türkischen Grenzsoldaten getötet wurden, und von Kindern, die starben, weil sie mit einer Mine spielten, die der Fluss angeschwemmt hatte, und manche sagten, dass der Zaun unter Strom gesetzt sei.

Alles, was verboten ist, ist anziehend. Ich war eifersüchtig auf meinen Freund, der ein Schäfer war und mit großem Stolz erzählte, dass er den Zaun mit der Hand berührt habe. Trotz aller Warnungen von meiner Familie versuchte ich, mich der Grenze und dem Zaun zu nähern, das erste Mal bis auf 40 Meter, aber dann verließ mich der Mut.

In einer sommerlichen Dämmerung, als ich auf dem Dach des Hauses mit der Familie schlief, wie das alle Syrer machen, hörte ich die Stimme meines Freunds, sprang aus dem Bett und sagte zu mir selbst: „Jetzt ist die Zeit gekommen, es ist Nacht, alle schlafen, nun werde ich den Zaun mit meiner Hand berühren."

Damit ich niemanden weckte, schlich ich nach draußen, ohne meine Schuhe anzuziehen. Schritt für Schritt näherte ich mich der Grenze, und mit jedem Schritt verdoppelte sich das Adrenalin in meinem Kopf. Was für meinen Freund normal war, weil er jeden Tag seine Herde auf die Weide in der Nähe der Grenze führte, war für mich überhaupt nicht normal.

Ich erreichte den Zaun, zögerte, ihn zu berühren, trotz der Ermutigungen meines Freundes, weil in meinem Kopf alle Geschichten waren, die ich von den Leuten gehört hatte. Und dann berührte ich doch den Zaun, und es passierte nichts. Mit einer Mischung aus Angst und Triumph rannte ich barfuß nach Hause, wie ein Verbrecher, der den Ort des Verbrechens so schnell wie möglich verlässt.

Beim Frühstück flüsterte ich meinem älteren Bruder zu: „Ich war an der Grenze und habe den Zaun berührt, aber er ist nicht unter Strom gesetzt."

Mein Bruder antwortete: „Ich weiß. Du bist der einzige im ganzen Dorf, der an die Geschichte mit dem Strom noch glaubt."

Meine Mutter, die mich immer davor gewarnt hat, mich der Grenze zu nähern, bat mich 2013 darum, die Grenze zu überschreiten und zu fliehen, weil sie, wie alle syrischen Mütter, Angst um ihre Kinder hatte. Da stand ich dann wieder an der

Grenze, am Zaun, und wieder war es wie eine Mutprobe, aber dieses Mal war ich nicht allein, auch andere versuchten, vor ihrem Schicksal zu fliehen, Frauen, Kinder und Alte, alle warteten in der Dunkelheit auf das Signal des Schleusers.
Zuerst sollten wir über den Zaun springen, dann die Schienen überqueren, anschließend durch einen Bach waten und ohne Schuhe über das Minenfeld laufen. Das Minenfeld war der letzte und gefährlichste Punkt, bevor wir in Sicherheit waren. Wir mussten auf einem schmalen Pfad hintereinander laufen, ein falscher Schritt wäre unser Ende gewesen. Nachdem wir das Minenfeld durchquert hatten, kam eine Patrouille der türkischen Armee, und wie eine Schafherde, die von einem Wolf attackiert wird, rannten die Menschen in alle Richtungen, viele wurden festgenommen, vor allem Frauen und alte Menschen.
Barfuß lief ich acht Kilometer – bis ich in Sicherheit war. Schon einmal war ich so gerannt, barfuß, nachts, als ich mit sieben Jahren den Zaun mit der Hand berührt hatte. Wie konnten zwei Vorgänge so ähnlich und zugleich so verschieden sein, mein barfüßiges Rennen nach Hause und mein barfüßiges Rennen weg von Zuhause, ins Unbekannte.
Wenn ich die Nachrichten über Opfer an der Grenze und in den Minenfelder lese, begreife ich, dass die übertriebenen Geschichten, die die Menschen in meinem Dorf erzählten, eine Warnung vor dem Tod war, der auf sie und ihre Kinder an der Grenze wartete, sie sahen ihn voraus, konnten ihn aber weder beschreiben noch vermeiden.
Jede Woche werden Menschen von den Grenzsoldaten und den Minen getötet. Die Soldaten sind wie Krokodile, die auf Beute warten. Immer noch flüchten jede Woche Männer, Frauen und Kinder aus einem harten Leben in einen leichten Tod, flüchten vor der Möglichkeit des Todes in den Tod, der sich im Boden versteckt und geduldig auf das nächste Opfer wartet.

WICK
WICK
VapoRub
Salbe
Nur äußerlich anwenden

Gespräch mit Aida und Hussein

Hochzeiten

Aida und Hussein sind seit September 2015 in Ravensburg, erst waren sie in der Burachhalle untergebracht, inzwischen leben sie in einer kleinen Wohnung in Schmalegg. Das Haus wurde neu gebaut, für Flüchtlinge aus Syrien, es ist ein einfacher, aber ansprechender Bau mit Wohnungen im Erdgeschoss und im ersten Stock, es liegt an einem Maisfeld am Rand von Schmalegg. Als ich sie besuche, ist es sehr heiß. Dersim ist dabei, er übersetzt.
Hussein: „Wir kommen aus Qamischli. Wir sprechen Kurdisch und Arabisch. Qamischli liegt im Norden Syriens, an der Grenze zur Türkei."
Dersim: „Agatha Christie hat in Qamischli gewohnt, weil ihr Mann Archäologe war."
Qamischli liegt – wie Derbessie – an der Eisenbahnlinie zwischen Berlin und Basra. Der Orientexpress, der auf dieser Strecke fährt, hat Agatha Christie zu ihrem berühmten Krimi Mord im Orientexpress angeregt.
Hussein: „Qamischli ist so groß wie Ravensburg. Die Einwohner haben unterschiedliche Religionen, aber lebten bis zum Ausbruch des Kriegs friedlich zusammen. Wir haben jeden Tag gearbeitet. Ich habe bei Hochzeiten als DJ gearbeitet, fotografiert und gefilmt – in Qamischli, aber auch in Hasaka, bei arabischen, kurdischen und christlichen Hochzeiten."
Er zeigt mir Filme, die er geschnitten und mit Musik unterlegt hat, sie sind sehr professionell.
Hussein: „Das Geschäft lief gut. Drei Jahre vor Beginn des Kriegs hat Aida angefangen, Hochzeitskleider zu verkaufen. Wir waren ein gutes Team."

Aida: „Ich hatte immer zehn bis fünfzehn Kleider da. Und weil die Kleider sehr teuer sind, konnte man sie auch ausleihen."
Hussein: „2011 war es in Qamischli noch ruhig, 2012 auch, aber 2013 rückte der Krieg näher und ab 2014 wurde alles schwierig. Qamischli wurde bombardiert, es gab kein Essen mehr, der IS kam. Die PKK fragte mich, ob ich für sie arbeiten wolle, sie brauchten jemanden, der filmen und fotografieren konnte. Sie sagten: Du kannst bei uns Geld verdienen! Aber ich wollte nicht. Wenn du einmal angefangen hast, für sie zu arbeiten, kannst du nicht mehr so einfach aufhören. Ich mag den Krieg nicht und die Politik auch nicht.
Im Sommer 2014 versuchte ich, in die Türkei zu kommen, zu Fuß, mit einer Gruppe von fünf Leuten. Ich wollte nach Merdin und von da nach Nusaybin, wo ein Teil meiner Familie wohnt, mein Bruder und mein Vater. An der Grenze war ein Maisfeld, wir gingen hindurch und trafen auf türkische Soldaten. Sie schlugen uns und schickten uns zurück nach Syrien. Einige meiner Rippen waren gebrochen."
Später, als wir draußen sitzen, im Garten am Rand des Maisfeldes, weil es im Haus so warm ist, sagt Hussein: „Immer wenn ich das Maisfeld sehe, denke ich an den misslungenen Fluchtversuch. Und daran, wie sie uns geschlagen haben."
Der Polizist, der ihn an der syrisch-türkischen Grenze schlug, war ebenfalls Kurde, türkischer Kurde, was ihn aber nicht daran hinderte, Kurden aus Syrien zu schlagen.
Aida: „Hussein lag zwei Monate im Bett."
Hussein: „Im Winter 2014 habe ich wieder versucht zu fliehen. Ich fuhr nach Latakia, von Latakia mit dem Schiff nach Mersin und von da nach Nusaybin zu meinem Vater. Und von Nusaybin nach Istanbul. Ich war jeden Tag am Flughafen, ich wollte nach Deutschland fliegen. Aber das war zu teuer, sie wollten sehr viel Geld, mehr als ich hatte. Ich hätte zu Fuß über die Grenze gehen können, von der Türkei nach Makedonien, aber es war kalt, es schneite, ich hörte von Menschen,

die krank geworden und gestorben sind auf dem Weg.
Ich war einen Monat in Istanbul, dann ging ich zurück nach Nusaybin. Während Aida noch in Qamischli war, mit ihrer Mutter, die vor dem Krieg aus Aleppo geflohen war. Ich kehrte zurück nach Qamischli. 2015 wurde die Lage auch in Qamischli immer schlechter, die Kämpfe weiteten sich aus, es gab Kämpfe zwischen Kurden und Türken, zwischen der PKK und der türkischen Armee. Die Kinder hatten keine Schule mehr, die Arbeitsbedingungen waren schwierig, es gab nur noch selten Strom, man konnte nicht mehr richtig fotografieren und filmen während der Hochzeiten."
Ich: „Gab es denn noch Hochzeiten?"
Hussein: „Ja, geheiratet wird immer. Auch im Krieg. Aber weil es so schwierig wurde, haben Aida und ich beschlossen, zu gehen. Wir haben gesagt: Entweder sterben wir zusammen oder wir leben zusammen. Wir haben unser Haus verkauft, die Videokamera, den Fotoapparat, alles. Erst sind wir in den Libanon gegangen, dann in die Türkei nach Izmir, um von da nach Deutschland zu kommen. Alles war sehr teuer in Izmir, das Essen, die Übernachtung. Sie nützten die Not der Flüchtlinge aus."
Wir reden über die Strukturen in der Türkei, über die mafiösen Netzwerke, zu denen auch Beamte und Polizisten gehörten, die mit der Not der Flüchtlinge sehr viel Geld verdienten.
Aida: „Am 24. September sind wir um 3 Uhr nachts aufgebrochen mit einem Schlauchboot. Die Kinder haben geweint, ich habe geweint. Die Kinder kamen in die Mitte. Zwei Taschen konnten wir nicht mitnehmen, sie wurden rausgeworfen, in einer Tasche war meine Brille. In einem Boot für zwei Personen fuhren 24 Menschen. Wir trugen Schwimmwesten."
Dersim: „Viele Schwimmwesten waren Fake, aus Schaumgummi, die hätten sich im Notfall mit Wasser vollgesaugt."
Hussein: „Wir landeten in Chios, als die Sonne aufging. Wir blieben vier Tage. Eine Nacht waren wir im Hotel, die ande-

ren Nächte haben wir draußen geschlafen – auf Kartons. Von Chios aus sind wir mit dem Schiff nach Athen gefahren. Und von Athen nach Thessaloniki. Mit dem Bus fuhren wir nach Makedonien, anschließend sind wir fünf Stunden gelaufen. Von der makedonischen Grenze fuhren wir nach Serbien. Der Zug war total überfüllt. Wir mussten fünf oder sechs Kilometer laufen, es war kalt, es regnete, viele Menschen waren unterwegs. Es gab Taxis, von der Mafia, sehr teuer."

Zwischen Serbien und Kroatien war ein Zaun, Hussein ist rübergekommen, er war auf der einen Seite, Aida mit den Kindern auf der anderen. Schließlich gelang es auch Aida und den Kindern, zu ihm zu kommen. Es regnete, durch Kroatien fuhren sie mit dem Bus, es gab Kontrollen durch die Polizei. Von Kroatien ging es nach Ungarn und von Ungarn nach Wien.

Hussein: „In Wien suchten wir nach einem Hotel. Aber die Hotels waren alle voll. Unser Sohn hatte sich erkältet, seine Nase lief und er war sehr müde. Eine Frau half uns, sie ging zur Apotheke und kam wieder mit einer Dose Wick Vaporub."

Er steht auf, geht zur Kommode, zieht die Schublade auf und kommt wieder mit dem kleinen Plastikbehälter Wick Vaporub. „Das ist sie. Dafür waren wir dankbar."

Aida: „Die Frau hat uns auch geholfen, ein Hotel zu finden."

Hussein: „Wir gingen mit ihr zum Hotel *Am Brilliantengrund*. Der Besitzer sagte: Bei uns im Hotel ist alles voll. Aber ich habe noch ein Zimmer. Er nahm uns mit zu sich nach Hause. Wir konnten zwei Nächte bei ihm übernachten. Marvin Mangalino und Roselle Stranzinger führen das Hotel, sie sind großartige Menschen. Sie hat Spiele für die Kinder gekauft und für uns alle Zugkarten nach Deutschland.

Von Wien sind wir nach München gefahren. Wir waren zwei Tage in einer großen Halle in München. Dann ging es weiter nach Mannheim, von Mannheim nach Karlsruhe, von Karlsruhe nach Ravensburg. Hier kamen wir in die Burachhalle. Als wir ausgestiegen waren, stellte Aida fest, dass sie das Handy im Bus vergessen hatte. Sie weinte und bat den Chef der Burachhalle, ihr zu helfen. Aber er hat uns nicht geholfen. Das war Robert, vom Roten Kreuz. Er war schrecklich. Alle hatten Angst vor ihm. Wir hatten vier Monate lang keine Decken und Kissen. Es gab noch freie Zimmer, aber er wollte uns kein eigenes Zimmer geben. Wir mussten es mit einer anderen Familie teilen. Wir haben versucht, wieder nach Mannheim zu kommen. Aber es ging nicht. Wir hatten anfangs viele Schwierigkeiten in Deutschland."

Ihr Sohn geht inzwischen in die Kuppelnauschule. Er hat ein Keyboard und spielt ein Stück vor. Er macht das richtig gut.

Gespräch mit Naja und Khaled

Newroz – das kurdische Neujahrsfest

Naja und Khaled sind groß, Naja ist über vierzig Jahre alt, Khaled über fünfzig, ein würdiges, königliches Paar mit zwei erwachsenen Söhnen. Sie sind von Al Hasaka nach Kurdistan gezogen, in den Norden Iraks. Khaled arbeitete als Kranführer, Naja ist Hausfrau.

Wir treffen uns im Café Central am 10. November 2017 um 14.00 Uhr. Dersim übersetzt aus dem Kurdischen. Sie sprechen Kurmandschi, wie 65 Prozent aller Kurden, es wird vorwiegend in der Türkei und in Syrien gesprochen, aber auch im Irak, Iran, Libanon, Armenien und in einigen ehemaligen Sowjetrepubliken.

Kurmandschi bildet mit Sorani und Südkurdisch die Gruppe der kurdischen Sprachen. Zwischen diesen Sprachen bestehen Unterschiede in Aussprache, Wortschatz und Grammatik. Kurmandschi wird in kurdisch-lateinischem Alphabet, Sorani in arabischer Schrift mit persischen Sonderzeichen geschrieben.

Wir sprechen über die Situation in Syrien.

Khaled sagt lakonisch: „Das Volk wollte, dass Assad geht. Weil Assad nicht ging, ist das Volk gegangen.“

Ich denke an Bertold Brecht und an sein Gedicht *Die Lösung*. Brecht hatte überlegt, Mitglied der SED zu werden. Am 17. Juni 1953 schrieb er nach der blutigen Niederschlagung des Aufstands in Ostberlin dieses Gedicht. 1956 eröffnete die DDR ihre erste Botschaft in Damaskus, kurz nach der Niederschlagung des Volksaufstands in Ungarn durch die Sowjetunion, an der sich auch die DDR beteiligte.

Die Lösung

Nach dem Aufstand des 17. Juni
Ließ der Sekretär des Schriftstellerverbandes
In der Stalinallee Flugblätter verteilen
Auf denen zu lesen war, daß das Volk
Das Vertrauen der Regierung verscherzt habe
Und es nur durch verdoppelte Arbeit
Zurückerobern könne.
Wäre es da
Nicht doch einfacher, die Regierung
Löste das Volk auf und
Wählte ein anderes?

Die DDR und Syrien hatten gute freundschaftliche Beziehungen. Die SED hat gut mit der Baath-Partei unter Leitung von Hafiz al-Assad zusammengearbeitet. Und die syrischen Geheimdienste haben von der Stasi gelernt.
Ich frage Khaled und Naja: „Wie ist das Leben für die Kurden in Syrien?“
Khaled: „Die Kurden haben in Syrien immer unter Druck gelebt und mit Einschränkungen. 1963 gab es eine Volkszählung in Hasaka. Viele Kurden haben danach ihre syrische Staatsbürgerschaft verloren. Sie sollten aus den Grenzgebieten wegziehen, Arabisch sprechende Menschen sollten in den kurdischen Gebieten angesiedelt werden. Mein Großvater hatte 130 Hektar Land, die Regierung hat ihn 1974 enteignet. Von Sirahani bis zur irakischen Grenze sollte ein breiter Streifen von Kurden entvölkert werden – 350 Kilometer lang und 15 bis 20 Kilometer breit. Nachdem den Kurden die Staatsbürgerschaft entzogen worden war, konnten sie hin- und hergeschubst werden. Ich hatte die syrische Staatsbürgerschaft, aber viele Kurden haben sie verloren, auch in meiner Verwandtschaft – einige Cousins und Cousinen hatten sie,

andere nicht. Vor allem Kurden, die wohlhabend waren oder Intellektuelle, wurde die Staatsbürgerschaft entzogen. Das war ein Druckmittel. Auch die Namen mussten verändert werden. Statt kurdischer Namen sollten die Kurden arabische Namen tragen. Deshalb haben viele Kurden zwei Namen, einen arabischen und einen kurdischen. Sie haben einen kurdischen Rufnamen, der zuhause und in den Familien verwendet wird, aber einen arabischen Namen im Ausweis.
Newroz wird traditionell von den Kurden gefeiert. Auch die Kurden in Syrien haben Newroz gefeiert. Wer an Newroz teilnahm, war in Gefahr, seine Arbeit zu verlieren oder seinen Studienplatz. 2004 kam es zu einem Aufstand während eines Fußballspiels zwischen Deir ez-Zor und Qamischlo."
Kurzer Wortwechsel zwischen Khaled und Dersim.
Dersim erklärt: „Qamischli heißt es auf Arabisch, Qamischlo auf Kurdisch."
Khaled: „In Deir ez-Zor wohnen Arabisch sprechende Syrer, in Qamischlo Kurden. Die Kurden demonstrierten – ohne Waffen, die Armee hat eingegriffen und auf die Demonstranten geschossen. Danach haben viele ihre Arbeit verloren. Qamischlo liegt in der Region Hasaka. Die meisten, die auf dem Land lebten, haben Baumwolle angepflanzt. Aber als der Preis runter ging und der Preis für Diesel hoch, konnten viele nicht mehr von der Baumwolle leben, sie haben das Land verlassen und sind nach Damaskus gezogen."
Ich frage: „Warum seid Ihr nach Kurdistan gegangen?"
Khaled: „Wir sind Kurden. In Kurdistan konnten wir so leben, wie wir wollten. 2013 gab es dann allerdings kein Benzin mehr. Die Situation war bis 2014 gut in Kurdistan, bis der IS Mossul besetzt hat. Als der IS kam, wurde nicht mehr in Wohnungen investiert, sondern in Waffen. Im November 2015 hat der IS Mossul besetzt. Dann kam der Angriff auf Kirkuk und die Kurden haben Kirkuk verloren.
Das Leben war schön in Kurdistan. Wir haben in Hewler

gewohnt. Wegen des Kriegs haben wir Kurdistan verlassen müssen. Es gab keine Arbeit mehr, die Situation der Wirtschaft war schlecht und wir konnten nicht nach Syrien zurück. Die Kurden hatten immer Probleme mit der Irakischen Armee. Unter anderem gab es Giftgas-Angriffe. Auch viele Araber sind nach Kurdistan geflohen."

Ich: „Und was halten Sie von dem Unabhängigkeitsreferendum?"

Khaled: „Barzani hat über das Unabhängigkeitsreferendum nicht aus rassistischen Gründen entscheiden lassen. Iran, Irak, Syrien und die Türkei wollen nicht zugeben, dass die Kurden ein Recht auf ihr Land haben. Man kann ein existierendes Problem nicht einfach leugnen. Niemand setzt sich für die Kurden ein. Sie können angegriffen und getötet werden, ohne dass jemand etwas macht. Die Männer der Peschmerga haben gegen den IS gekämpft, trotzdem wurden ihre Forderungen nach Unabhängigkeit nicht erhört."

Ich: „Wäre eine Stärkung des Föderalismus eine Lösung in Syrien? Man könnte sich vorstellen, dass es ein kurdisches Gebiet gibt mit einer Landesregierung wie die Bundesländer in Deutschland."

Khaled: „Das wird den Kurden nicht zugestanden. Selbst wenn man nicht politisch arbeitet, hat man als Kurde Probleme und wird diskriminiert, wenn man sich auf eine Stelle bewirbt. Deshalb ist Föderalismus keine Lösung. Die Geheimdienste haben Informationen über alle Leute und in den Ausweisen zeigen bestimmte Zahlenkombinationen, wer Kurde ist."

Ich: „Was ist mit Newroz, den kurdischen Neujahrfeiern?"

Khaled antwortet: „Durch die Teilnahme an den Feiern von Newroz haben viele ihre Arbeit oder ihren Studienplatz verloren, aber die Kurden feiern trotzdem Newroz. Am 21. März werden große Feuer angezündet, draußen, im Freien, sie brennen drei Tage und drei Nächte. Der Hintergrund für die Feiern ist die Sage von Zohak, einem dämonischen König, der

das Land beherrschte. Die Menschen litten unter ihm, bis ein Schmied namens Kawa den König tötete. Als Zeichen dafür, dass der König tot war, wurden Freudenfeuer entzündet – so verbreitete sich die gute Nachricht von einem Ort zum anderen. Newroz bedeutet Neuer Tag, die Feuer signalisieren die Hoffnung auf Freiheit."
Ich: „Die Afghanen feiern auch Newroz. Wie kommt das?"
Khaled: „Newroz wird von vielen Völkern gefeiert, weil viele von diesem König unterdrückt worden sind."
Dersim: „Alle Kurden kennen die Geschichte von Newroz, mein Bruder heißt Kawa, viel kurdische Sagen haben eine Verbindung mit Newroz. Es gibt viel zu erzählen von Newroz. 1982 hat sich Mazlum Doğan an Newroz im türkischen Gefängnis in Diyarbakır verbrannt."

Mazlum Doğan wurde 1955 in Karakoçan geboren, er ging in Balıkesir in die Schule, nahm 1976 an der Studentenbewegung teil und war erster Chefredakteur der Zeitung Serxwebûn. 1979 wurde er verhaftet. Mit 27 Jahren brachte sich Mazlum Doğan am 21. März um, er übergoß sich mit Benzin und zündete sich an und starb an den Verbrennungen. Damit wollte er auch auf die Missstände in den türkischen Gefängnissen aufmerksam machen. In den türkischen Gefängnissen waren und sind viele Kurden. Es wurde systematisch gefoltert. Der Tod Mazlum Doğans bildete den Auftakt zu einer Reihe von Hungerstreiks und Widerstandsaktionen der politischen Gefangenen im Jahre 1982.

Am 18. März 2018 wurde die Kawa-Statue, die im Stadtzentrum von Afrin stand, zwei Tage vor Newroz von türkischen Truppen und verbündeten syrisch-arabischen Milizionären zerstört.

2016 wird Newroz im Gemeindehaus in der Ravensburger Weststadt gefeiert. Am Eingang ist ein Tisch aufgebaut mit

einem Glas, in dem Goldfische schwimmen, und sieben Dingen, die zu den *Haft Sin* gehören und mit „S“ beginnen: Sekke – Münzen; Sib – Apfel; Somach – ein persisches Gewürz (Gewürzsumach); Sombol – Hyazinthen; Sir – Knoblauch; Sabseh – Weizen, Gerste, Kresse oder Ähnliches; und Serke – Essig), und des aus sieben Früchten bestehenden Neujahrsgetränks *Haft Mewa*.
Es werden sieben Speisen zubereitet, die mit „S“ beginnen und die sieben Tugenden des Zoroastrismus symbolisieren, auf einem Tisch liegen außerdem Samanak (Keimlinge aus sieben Getreidesorten), ein Spiegel, eine Kerze und ein heiliges oder wichtiges Buch (der Koran bei Muslimen, die Bibel bei Christen, die Avesta oder ein Bild Zarathustras bei Zoroastriern oder ein Gedichtbuch).
Nouruz oder Newroz wird seit 3000 Jahren vor allem im iranischen Kulturraum gefeiert, von heute 300 Millionen Menschen – in der Schwarzmeerregion, im Kaukasus, in Zentralasien und im Nahen Osten.
Es findet am Frühlingsbeginn statt, wenn die Sonne in das Tierkreiszeichen Widder eintritt, und der Tag gleich lang ist wie die Nacht, also am 20. oder 21. März.
Nouruz oder Newroz heißt Neuer Tag, nou oder new bedeutet neu, Ruz oder Roz: Tag. Sprachlich ist Ruz oder Roz mit Lux und Licht verwandt, es gibt eine gemeinsame indoeuropäische Wortwurzel – im Iranischen hat eine Lautverschiebung von „l“ nach „r“ stattgefunden.

Dersim: „Mein Traum für die Kurden? Man sollte vorsichtig träumen, wenn man nicht allein in seinem Traum lebt. Wenn unser Traum zum Schicksal und zur Realität von anderen wird, sollten wir einmal träumen und zweimal über die möglichen Folgen unserer Träume nachdenken.“

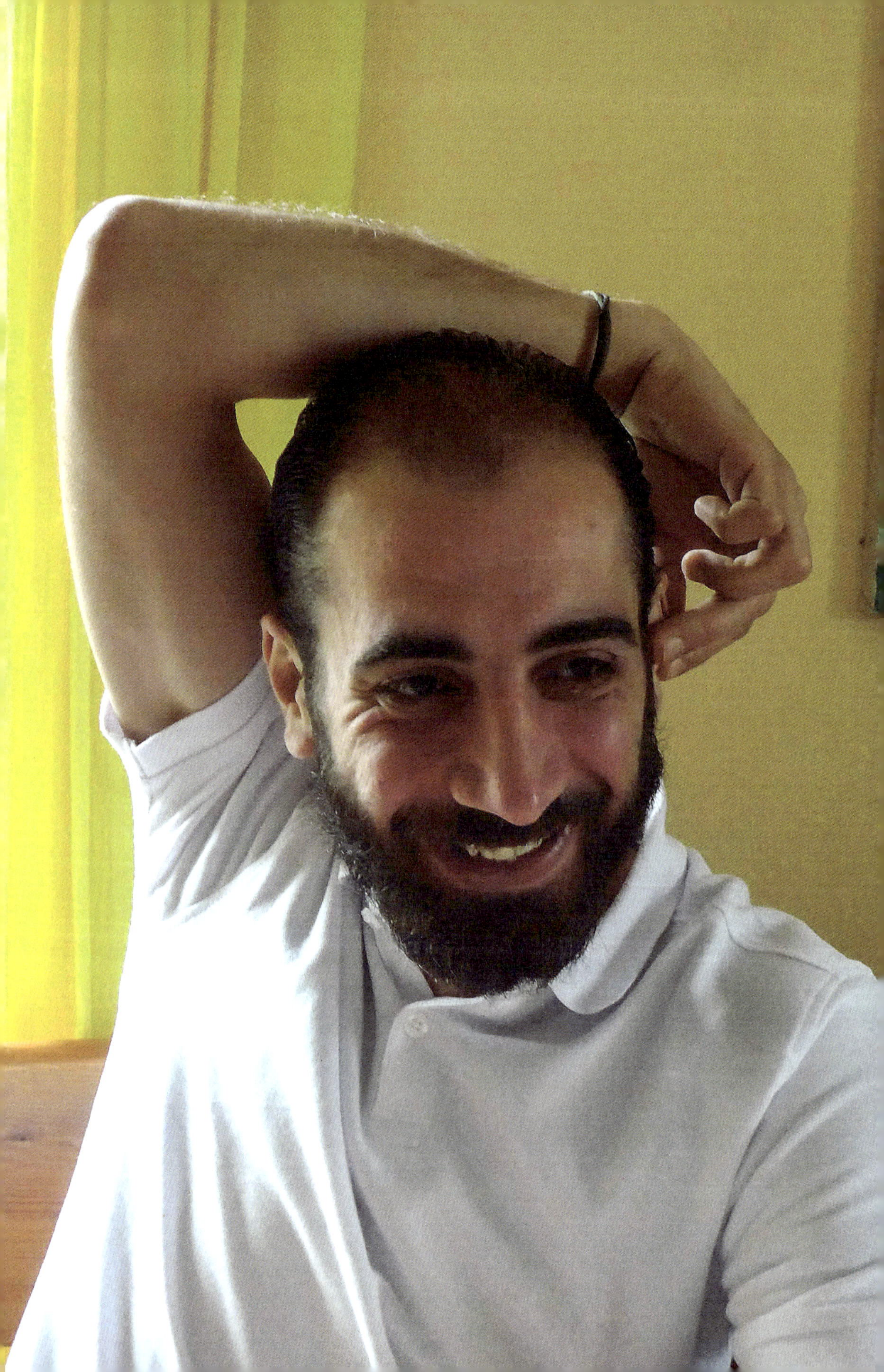

Gespräch mit Abdulrahman

dream update

Wir sitzen an einem Gartentisch vor der Unterkunft, einem Metallcontainer in Kehlen. Abdulrahman bringt zwei Tassen Tee und einen Teller Kekse. Er ist 32 Jahre alt und in Damaskus groß geworden. Wir reden Englisch.

„Wir hatten aufgehört, uns zu informieren", sagt Abdulrahman. „Wir hatten aufgehört, über die Qualität unseres Lebens nachzudenken. Wir lebten im Frieden. Ich konnte überall hingehen, etwas trinken... Ich hatte eine Werbeagentur, ich musste sehr hart arbeiten. Vierzehn Jahre lang habe ich hart gearbeitet, um diese kleine Werbeagentur aufzubauen. Ich hatte gute Ideen und eine Ausbildung in Innenarchitektur und Grafikdesign. An einer privaten Uni studierte ich noch Qualitätsmanagement. Mein Traum war, erfolgreich zu sein.

Aber dieser Traum hat sich nicht verwirklicht, wegen der Korruption in Syrien. Ein Mann, der Beziehungen zu Assad hatte, machte ebenfalls eine Werbeagentur auf, wurde großzügig unterstützt, war sofort erfolgreich. Unter der herrschenden Willkür und Ungerechtigkeit haben viele gelitten.

Und dann kam die Revolution, das war ein dream update. Als wir anfingen mit der Revolution, ging es mir gut, ich hatte ein Haus und die Firma, das war 2011 im Mai, in der Zeit des arabischen Frühlings. Wir sahen, was in Ägypten und Libyen geschah. Was dann begann, war ein großes Spiel – für die Saudis. Wir haben alte Städte, Aleppo, Homs, Damaskus – heute schlafen die Syrer auf der Straße.

Werbung und Medien werden von der Regierung kontrolliert, du musstest immer um Erlaubnis fragen und beschreiben, was du machst. Anfang 2012 kamen zwei Männer zu mir und

fragten, ob ich etwas drucken würde für die Rebellen? Ob ich mit ihnen im Bund sei?
Nein, sagte ich.
Jemand hat uns erzählt, dass Sie etwas gedruckt haben...
Ich versuchte, ihnen zu beweisen, dass ich nichts gedruckt hatte für die Rebellen.
Gut, Sie haben vielleicht nichts gedruckt für die Rebellen, aber wir wollen, dass Sie auch nie auf die Idee kommen, mit den Rebellen zusammenzuarbeiten...
Und dann schlugen sie mich mit einem Stuhl auf den Kopf, auf den Rücken – ich hatte überall Wunden.
Der Bruder meines Geschäftspartners arbeitete im Sudan und sagte, ich solle kommen. Es gab ein Projekt der sudanesischen Regierung, es ging um Qualitätsmanagement. Er sagte: Das wird dich auf andere Gedanken bringen und danach gehst du zurück nach Syrien.
Ich bin immer gern gereist. Und gern wieder nach Hause gekommen. Ich fuhr in den Sudan, wohnte in Khartoum, gestaltete die Inneneinrichtung von Cafés und Restaurants.
Ich hörte, dass Assad Syrien bombardiert und Giftgas einsetzt. Vor dem Krieg habe ich Assad respektiert, ich habe gehofft, dass der junge Präsident besser sein würde als sein Vater, ich hoffte, dass sich unter ihm die Verhältnisse in Syrien ändern. Das war ein Irrtum. Wenn ich zuhause anrief, beschwor mich meine Mutter, nicht nach Syrien zurückzukommen."
Wir sitzen immer noch auf der Wiese, zwischen Containern und Radschuppen. Es wird dunkel. Die Mücken umkreisen uns. Auf der gegenüberliegenden Seite der Straße ist ein Gasthaus, ich schlage vor, dass wir rüber gehen. Der Stammtisch in der Mitte des Raums ist gut besetzt, vor jedem Mann steht ein Weizen, es wird geredet, gebruddelt, gelacht. Die Kellnerin ist freundlich, fragt, was wir trinken wollen. Wir bestellen, Abdulrahman erzählt weiter, er ist wie getrieben von dem Wunsch, zu vermitteln, was er erlebt hat, was ihm zugesto-

ßen ist, wie alle seine Pläne über den Haufen geworfen wurden, wie sich das Leben ändern kann von einem Tag auf den anderen. Die Projekte im Sudan waren abgeschlossen, aber er konnte nicht zurück nach Syrien. Er blieb noch drei Monate im Sudan, dann wurde es auch da unruhig.

„Ich bin in Saudi-Arabien geboren", sagt Abdulrahman, „ich versuchte, nach Saudi-Arabien zu gehen, aber das war schwierig. Die Saudis sind nicht solidarisch. Ein guter Freund meines Vaters riet mir, nach Europa zu gehen. Am 16. Oktober 2013 flog ich nach Istanbul, am nächsten Tag versuchte ich, die türkisch-bulgarische Grenze zu überqueren. Ich verlief mich in einem Wald, hatte keine Ahnung, wo ich war, verletzte mich an Dornen, irrte umher. Irgendwann war ich völlig erschöpft, ich wollte mich nur noch hinlegen und schlafen. Aber das darf man nicht, sonst steht man nicht mehr auf. Und dann fanden mich bulgarische Grenzpolizisten, nahmen mich fest und brachten mich nach Busmantsi, einem berüchtigten Gefängnis, in dem viele Flüchtlinge misshandelt wurden.

Bulgarien ist ein dunkler Fleck auf der Karte Europas. Ich verstand nicht, warum ich im Gefängnis war. Ich wurde befragt, ich zeigte auf meinem Smartphone, was ich gemacht hatte, ich hatte meine Zeugnisse fotografiert. Sie sagten: Wie alt sind Sie? 30? Und wie kommt das, dass Sie schon so viele Zeugnisse haben?

Man fragte mich, warum ich in Saudi-Arabien geboren sei, was ich im Sudan gemacht habe, ich erzählte von meinem Leben, von meiner Arbeit, aber sie glaubten mir nicht. Ich sagte den Männern, sie sollten meine Mails lesen, ich gab ihnen das Passwort. Sie lasen die Mails, aber auch dann glaubten sie mir nicht. Ich kam in Einzelhaft. Die Haut meines Gesichts begann zu bluten, mein Magen auch. Meine Nerven begannen, verrückt zu spielen.

Ich schrieb an Lydia Gall von Human Rights Watch. Sie ist spezialisiert auf die Menschenrechtssituation auf dem Bal-

kan. Sie kündigte ihr Kommen an. Ich wollte mit ihr reden, aber das wurde mir verboten. Ich stand stundenlang am Fenster meiner Zelle und wartete, dass sie kam. Als ich sie sah, rief ich ihren Namen und glücklicherweise hörte sie mich und bestand darauf, mit mir zu sprechen. Ich habe ihr alles erzählt, die Erniedrigungen, die Misshandlungen.
Am nächsten Tag wurde ich entlassen mit den Worten: You are free now. Und wo soll ich hingehen?, fragte ich, wo soll ich schlafen? Das ist nicht unser Problem, sagten sie."
Am 28. Juni 2014 fuhr Abdulrahman zurück in die Türkei, suchte nach Arbeit. Fand keine. Am 20. November stieg er in Mersin ins Schiff. Er wollte nach Italien und von Italien nach Deutschland. Für die Fahrt musste er 6000 Dollar zahlen. 700 Flüchtlinge waren an Bord, viele Syrer, viele Iraker. Vor der Küste von Herakleion hatte das Schiff einen Maschinenschaden. Die Passagiere wurden nicht an Land gelassen. Helikopter kreisten über dem Schiff, es entbrannte ein Streit zwischen einem Iraner und einem Syrer, der damit endete, dass einer der beiden ein Messer in der Schulter hatte und stark blutete. Die Lage auf dem Schiff war verzweifelt.
Abdulrahman: „Keiner verstand, warum wir nicht an Land können. Es gab nichts mehr zu essen, nichts mehr zu trinken. Viele Kinder waren auf dem Schiff und hatten Durst. Ich versuchte, Meerwasser zu entsalzen auf dem Herd in der Küche, jeder bekam einen Löffel Wasser. Ich sprach mit der Polizei, beruhigte Passagiere. Jemand sagte zu mir: Vielleicht hat dich Gott geschickt auf dieses Schiff, um den anderen Menschen zu helfen.
Und dann, eines Morgens, wurden wir an Land gelassen. Wir fragten: Warum habt ihr uns so lange auf dem Meer gelassen? Sie antworteten: Uns wurde gesagt, dass auf dem Boot Terroristen sind. Wir mussten überlegen, was wir tun sollten. Und wir mussten uns vorbereiten, Unterkünfte zu schaffen für so viele Menschen. Sie brachten uns in eine Basketballhalle, wir

wurden vom Roten Kreuz versorgt. Nach drei Tagen ging es mir wieder besser.
Viele Griechen halfen, brachten Essen, brachten Kleider, wir hatten nichts, um uns bei ihnen zu bedanken, wir machten ein Plakat: *Thanks to the Greek People!* Sie brachten es im Fernsehen. Mein Traum hatte sich verändert. Das Wichtigste war nicht mehr Erfolg. Ich wollte nur noch ausruhen und in Griechenland bleiben, ein Café aufmachen in Irapatra, ein kleines Haus haben, eine Frau und Kinder."
Er blieb eineinhalb Monate, machte die Innenarchitektur eines kleinen Cafés, das gab ihm wieder Energie, neue Hoffnung. Er wollte bleiben, musste aber nach Athen, um Papiere zu bekommen. Ein Beamter befragte ihn nach seiner Flucht, blätterte in den Bestimmungen. Das Dublin-Abkommen legt fest, dass die Asylbewerber in das EU-Land zurück müssen, in dem sie angekommen sind und einen Asylantrag gestellt haben. Und das war in seinem Fall Bulgarien.
„Ich sah die Unsicherheit im Gesicht des Beamten. Der Beamte starrte in den Pass und ließ mich Fingerabdrücke machen. Dann sagte er, dass ich warten müsse. Ich fürchtete, dass sie mich nach Bulgarien zurückschicken. Es ist mir nie so schlecht gegangen wie in Bulgarien. Ich wollte lieber zurück nach Syrien zu meiner Mutter, lieber durch die Bomben von Assad sterben oder von ISIS als wieder nach Bulgarien zu gehen.
Ich beschloss, in Deutschland um Asyl zu bitten. Ich fühlte mich wohl in Griechenland, aber ich fürchtete, dass ich nach Bulgarien zurückgeschickt werden sollte. Am 19. Dezember 2014 fuhr ich nach Rhodos und von da nach Athen. Ich flog nach Rom, fuhr mit dem Zug nach Mailand, und von Mailand für 400 Euro nach Stuttgart. Am 18. März 2015 kam ich um 3 Uhr morgens in Deutschland an.
Ich sah eine Moschee, das bedeutete, dass Muslime in Deutschland respektiert werden. Wenn es einen Raum gibt, in

dem die Menschen beten können – dann ist es gut. Von Stuttgart kam ich nach Karlsruhe, von Karlsruhe nach Meßstetten, und von Meßstetten nach Meckenbeuren.
Ich werde meinen Kindern jede Menge Geschichten erzählen können. Irgendwann werden die Kinder sagen: Erzähl uns bitte nicht schon wieder diese Horrorgeschichten!"
Er lacht.

Wir sind im Gefängnis der Sprache. Unsere Wahrnehmungen, Gefühle und Beziehungen werden von den Wörtern begrenzt. Um unsere Gefühle und Beziehungen besser zu verstehen, sollte man an die Grenzen der Sprachen gehen, dahin, wo die Abstammungen der Wörter, der Gefühle und das Unterbewusstsein entstehen.

Das Wort Freund kommt im Deutschen von Friunt
und das bedeutet lieben oder mögen.
Könnte Freundschaft auch Liebe sein!?
Das Wort hat die Frage schon beantwortet!

Die Beziehung zwischen Liebe und Freundschaft ist
deutlicher im Englischen, sie sind immer zusammen
in girlfriend, boyfriend.
Könnten Liebe und Freundschaft Freunde sein!?
Das Wort hat die Frage schon beantwortet!

Und was passiert, wenn ein Paar weiter den Weg der
Liebe und der Freundschaft geht? Vielleicht heiraten
sie, in kurdischer Sprache heißt die Ehefrau Hevjin
– die Freundin des Lebens.
Könnte sie ein Freund sein, eine Person, die immer
neben dir ist!?
Das Wort hat die Frage schon beantwortet!

Ravensburg

Zweifellos brauchen Liebe und Ehe Ehrlichkeit.
Im Arabischen heißt Freund Saddiq – die Person,
die immer mit dir ehrlich ist.
Könnte Freundschaft Ehrlichkeit sein!?
Das Wort hat die Frage schon beantwortet!

Es steht außer Frage, dass man manchmal
Unterstützung im Leben braucht. Im Türkischen
heißt Freund Arkadaş – die Person, die dich immer
unterstützt.
Könnte ein Freund eine Person sein, die zuverlässig
und hilfsbereit ist!?
Und wieder hat das Wort die Frage bereits
beantwortet!

Yusuf

Mein bester Freund hieß Yazan. Wir haben uns selten nicht gesehen.

Ich lebte mit meiner Familie in Damaskus. Bis zur Grundschule habe ich immer auf der Straße Fußball gespielt. Später habe ich mit meinen Freunden Shisha geraucht auf dem Dach unseres Hauses. Es gibt drei Stockwerke. Das Haus gehört meiner Familie, die letzte Wohnung unter dem Dach war frei. Da habe ich mit meinen Freunden gespielt – am Wochenende. Niemand aus meiner Familie wusste davon. Ich war 15 Jahre alt, niemand wusste es, sonst hätten wir ein Problem gehabt. Wenn ich Geld von meinem Vater bekam, kaufte ich Fleisch, ein bis zwei Kilo Hackfleisch, das kam auf einen Pizzateig. Es gab einen Laden, der das machte. Ich brachte das Hackfleisch zu dem Laden und sie machten die Pizza fertig. Wir haben Karten gespielt, sie kamen zu mir. Es gab eine Regel – wenn sie zu mir kommen, müssen sie leise sein, sie dürfen nicht schreien, weil unter der Wohnung mein Onkel wohnte, der Bruder meines Vaters und mein Cousin. Mein Cousin war 25 Jahre alt.

Mein Großvater war Geschäftsmann. Er hat auf einem kleinen Stück Land angefangen und Baumaterial verkauft. Das Geschäft wurde immer größer, er starb im Jahr 2000. Mein Vater und sein Bruder haben das Geschäft übernommen. Ein Bruder hat mit Marmor gehandelt, mein Vater und sein großer Bruder mit anderen Baumaterialien und Baumaschinen. Das Geschäft war im Industriegebiet von Damaskus, wir haben in einem Stadtviertel von Damaskus gewohnt.

Mein bester Freund hieß Yazan. Wir haben uns selten nicht gesehen.

Wir sind zusammen in die Schule gegangen. Ich erinnere mich

an ein sehr schönes Geschehen, das ereignete sich in der 5. Klasse. Es war Pause, ich saß neben einer Wand und aß, was meine Mutter für mich gebacken hatte, da kam ein Schüler und hat mein Essen geklaut. Ich habe ihn geschlagen, und dann hat er mich an einen schwierigen Ort zurückgeschlagen. (Yusuf zeigt auf seinen Schritt.) Da kam Yazan, er hatte es beobachtet, er rannte zu mir, sprang auf den Jungen und brach ihm den Arm. Das war der Beginn unserer Freundschaft.
Mit Yazan habe ich viel Kicker gespielt, Billard und Pingpong. Ich habe keinen größeren Bruder. Yazan hat zwei Brüder und einen Cousin, sie haben in einer Werkstatt gearbeitet, in dem Bagger und Lastwagen repariert wurden. Sie hatten Hunde. Die Hunde waren freundlich zu mir, aber rau und angriffslustig zu den anderen. Ich war ein Jahr älter als Yazan. Yazan war sehr sehr schlau. Er hat sich für niemanden interessiert, nur für seine Familie und seine Freunde. Er war gesellig, aber wenn er jemanden nicht mochte, übersah er ihn.
Ich war entweder mit ihm zusammen oder mit der Gruppe von Freunden. Mit meinen Freunden habe ich viel Computer gespielt. Wir waren verrückt nach zwei Computerspielen, World of Warcraft und Counterstrike. Wir haben es immer am Wochenende gespielt, von 12.00 Uhr bis 22.00 Uhr. Wir haben nicht so gut in der Schule aufgepasst, aber wir hatten Talent und waren sehr schlau. Wir haben die Prüfungen immer bestanden.
Yazan gehörte nicht zu dieser Gruppe, er spielte nicht gern Computer. Er spielte lieber Billard und Kicker. Wir haben uns fast jeden Tag getroffen. Ab 2010 haben wir uns jeden Tag getroffen. Die Revolution war der Auslöser für verschiedene Probleme. Ich kam spät nach Hause. Du bist auf dem falschen Weg, sagten meine Eltern. Aber ich war sehr glücklich, wenn ich mit Yazan zusammen war.
Wir hatten alte Handys, wir haben uns immer geschrieben, Yazan hat komische Sätze geschrieben wie: Von Yazan zu

Yusuf: Ich bin zuhause. Oder: Von Adler zu Schlange: Was machst du?
Mein Vater war Fan vom FC Barcelona. Wenn ein Spiel anfing, konnte niemand neben ihm sitzen, er ärgerte sich bei jedem Fehler, als wäre er der Trainer. Einmal war wieder ein Spiel, mein Vater schickte mich los, um Süßigkeiten zu kaufen. Ich habe den Schlüssel des Autos genommen und mit Yazan eine Runde gedreht. Ich kam erst um 2 Uhr morgens nach Hause. Mein Vater war sehr sauer.
Ich konnte Auto fahren, weil wir im Geschäft Gabelstapler hatten. Im Sommer habe ich geholfen und gelernt, Gabelstapler zu fahren. Ich konnte auch mit dem Lastwagen fahren, der zur Werkstatt gehörte. Als ich zum ersten Mal Gabelstapler fuhr, sahen zwei meiner Onkel und mein Vater zu – leider habe ich mit der Gabel die Palette falsch erwischt und alles ist kaputt gegangen.
Von Yazan gibt es ein Foto in der Wiese unter Olivenbäumen – auf dem Grundstück von Yazans Vater. Das war eine dreiviertel Stunde von Damaskus entfernt. Wir fuhren mit dem Rad aufs Land. Wir nahmen drei Räder, auf jedem fuhren zwei Jungs, wir waren zu sechst, alles Freunde von Yazan. Wir haben zusammen Shisha geraucht.
Yazans Freunde waren orientierungslos, als die Revolution begann. Sie wussten nicht, was sie denken sollten über das, was mit Syrien passiert. Es war ein Freitag, am Freitag beten alle Syrer in der Moschee, und danach, um 12.00 Uhr oder 13.00 Uhr begannen die Menschen zu schreien: „Freiheit! Freiheit!"
Es war ein Zufall, dass wir da waren. Wir gingen in der Mitte der Gasse, Yazan und ich. Dann kam die Armee. Als ich hörte, dass sie schießen, bin ich nach Hause gegangen. Ich habe versucht, vom Balkon aus zu sehen, was passiert. Ich war neugierig. Da hörte ich einen Schuss von einer Pistole, ich wusste nicht, dass die Kugel Yazan getroffen hatte. Ich wusste nicht,

dass er verletzt war. Ich wusste es nicht, bis mein Vater nach Hause kam und es mir gesagt hat. Ich wusste nicht, was ich machen sollte, weinen, schreien, ich war sehr traurig. Mein Vater hat mir nichts gesagt, bis Yazan gestorben ist. Da hat mein Vater mir erzählt, dass er ihm geholfen hat. Er hat ihn erst aufs Land gebracht, zu einer Villa in der Nähe von Damaskus, in der denjenigen geholfen wurde, die verletzt waren. Aber Yazan war schwer verletzt, er brauchte ein Krankenhaus. Es waren nicht viele Leute in der Villa, sie hatten Angst, die Verletzten ins Krankenhaus zu bringen, weil nicht klar war, ob sie dann zurückkommen würden. Mein Vater liebte Yazan genau so wie ich, er sagte, ich bringe ihn ins Krankenhaus, und als er ihn ins Auto gelegt hat, hat Yazan den ganzen Weg über gesagt: Viele Grüße an Yusuf.

Er hätte es schaffen müssen, ich glaube, sie haben ihn im Krankenhaus umgebracht. Es war sehr sehr gefährlich für meinen Vater. Alle wussten, es war am Anfang der Revolution sehr gefährlich, solche Sachen zu machen. Als ich gehört habe, dass Yazan gestorben ist, habe ich geweint, ich habe heiße Tränen geweint, meine Tränen waren sehr sehr heiß.

Dann bin ich zu seinen Eltern gegangen. Yazan war wie ein Bruder für mich, nur von einer anderen Mutter. Yazans Vater hat geweint. Es war für mich das erste Mal, dass ich einen Mann über 60 gesehen habe, der weinte.

Alle haben geweint.

Als sie Yazan vom Krankenhaus nach Hause gebracht haben, legten sie ihn in ein kleines Zimmer. Es war das erste Mal, dass ich einen toten Menschen gesehen habe. Ich war bei ihm und seinen Eltern, ich bin in einer Ecke gesessen, das war der schlimmste Moment in meinem Leben. Ich wollte Yazan nicht verlassen.

Yazan war 15, als er starb.

Viele junge Menschen sind in unserer Stadt gestorben, nur weil sie Freedom! gerufen haben. Warum Freedom? Auf Englisch? Wegen der ausländischen Fernsehsender. Wir haben die Zettel mit Freedom! gehalten und Olivenzweige, Symbole des Friedens – und Bilder mit einer Friedenstaube, die im Schnabel einen Olivenzweig hält. Als wir in der Mitte der Stadt waren, haben wir immer Freedom! gerufen, weil die internationale Presse und das Fernsehen da waren. Wir haben nichts gemacht, nur Freedom! geschrien.

Ich hatte immer den Wunsch, dass die Armee versteht, was wir wollen und warum wir demonstrieren, dass sie auf unsere Seite kommen und nicht gegen uns kämpfen – weil die Soldaten Männer von uns waren, aus Syrien. Ich habe gedacht, dass unsere Regierung verstehen müsste, warum wir demonstrieren. Wir wollten die Schulbildung entwickeln. Es gab viele Menschen, die nach der Uni keinen Job gefunden haben. Nur wenn man Beziehungen hatte, bekam man einen Job. Es gab keine Ausbildung, aber es gibt auch viele Leute, die ohne Zertifikat sehr gut sind. Wir wollten unser Land gerechter machen. Schöner geht nicht. Syrien ist das schönste Land der Welt.

Ich war 16 und allein im Libanon. Da fängt meine Reise an, als ich ohne Eltern war.

Von der Flucht erzählt Yusuf einige Monate später im Café Central. Ich sehe ihn kommen, lang und dünn. Er spricht druckreif, dreht ab und zu ein Wort hin und her, sagt: „Oh Mann!“ Und zündet sich noch eine Zigarette an.

Yusuf: „Nach der Revolution sind viele junge Menschen geflohen. Mit 18 Jahren wird man eingezogen in die Armee. Mit 16 Jahren habe ich Syrien verlassen, mit meiner Familie. Mein Onkel ist in Damaskus geblieben, im Haus. Bevor wir geflohen sind, gab es eine schlechte Woche in Damaskus, sie haben unser Viertel mit Helikoptern und Panzern eingeschlossen. Niemand kam rein und niemand durfte raus.

Wir sind in den Libanon gegangen. 15 Tage sind wir bei Ver-

wandten geblieben, dann haben wir eine Wohnung gefunden, meine Eltern und meine Geschwister und ich. Der Vermieter war sehr nett, der einzige freundliche Mann, den ich im Libanon kennengelernt habe. Wir haben 5 – 6 Monate da gewohnt, aber im Libanon ist alles sehr sehr teuer. Ich habe versucht zu arbeiten, aber die Leute nutzen die Syrer aus.
Ich habe an verschiedenen Arbeitsplätzen gearbeitet: Ich habe Kartoffeln getragen – das war keine geeignete Arbeit für mich, die Tüten waren sehr schwer. Danach habe ich einem Verwandten geholfen, der Elektriker ist. Er hat in zwei Villen Strom gelegt. Ich habe eineinhalb Monate mit ihm gearbeitet, danach gab es keine Arbeit mehr und ich bin zuhause geblieben.
Meine Eltern sind zurückgekehrt nach Damaskus. Ich war 16 und allein im Libanon. Da fängt meine Reise an, als ich ohne Eltern war. Ich habe einen Job gefunden bei einem Bekannten, der Sanitäranlagen gemacht hat, das war 2013. Eine Bekannte meiner Eltern rief mich aus der Türkei an und fragte, was ich mache. Ich habe viel gearbeitet und wenig verdient. Sie sagte, dass ich zu ihr kommen könne, bis ich eine Unterkunft und eine Arbeit finde. Ich sprach mit meiner Mutter und fragte sie nach ihrer Meinung und sie sagte: Ich glaube, es ist besser in der Türkei.
Und deshalb bin ich in die Türkei geflogen, nach Istanbul.
Meine Mutter ist alles für mich. Wenn ich irgendetwas mache, frage ich sie. Sie hat studiert, sie weiß viel. Wenn ich mit ihr rede, werde ich ganz ruhig. Vor zwei Monaten ist sie fertig geworden mit dem Studium. Sie will in einer Schule arbeiten. Sie hat sechs Kinder groß gezogen, sie ist mehrere Mal bei der Prüfung durchgefallen, aber sie hat nicht aufgegeben, und jetzt hat sie die Prüfung bestanden. Ich will nicht, dass meine Mutter als Lehrerin arbeitet, ich kenne die Schulen. Wenn es eine gute Schule ist, in der die Schüler die Lehrer respektieren, ist das vielleicht in Ordnung, aber die öffentlichen Schulen…
Ich bin der erste Sohn, ich habe zwei ältere Schwestern. Eine

Schwester ist verheiratet und hat ein Kind, die andere hat vor kurzem geheiratet. Ich habe noch jüngere Geschwister, einen Bruder und zwei Schwestern.

Wenn ich nicht schlafen konnte, ging ich zu einer Maschine und nähte.

Die ersten zwei Wochen in der Türkei waren sehr schön, ich fühlte mich wie ein Tourist und habe das Geld ausgegeben, das ich im Libanon verdient hatte. Dann habe ich eine Arbeit in einer Textilfabrik bekommen. Da konnte ich auch schlafen. Wenn die Sachen kamen, sortierte ich sie nach der Größe und verteilte die Arbeit. Wenn ich nachts nicht schlafen konnte, ging ich zu einer Maschine und nähte. So habe ich nähen gelernt. Dann habe ich mit dem Besitzer gestritten und er hat mich rausgeworfen. Der Anlaß war sein Bruder. Dieser Bruder war verrückt. Als ich ihn mal anschaute, fragte er: 'Warum schaust du so?'
Ich sagte: 'Darf man nicht schauen?'
Er beschwerte sich bei seinem Bruder. Und der sagte zu mir: 'Du arbeitest nicht mehr hier.'
Ich musste gehen. In sechs Monaten haben sie mir Türkisch beigebracht, ich habe ein paar Mal übersetzt für andere Syrer. Der Chef der Fabrik hatte einen Bekannten, der mich gut kannte. Er hat ebenfalls in der Fabrik gearbeitet, dann aber eine eigene Fabrik aufgemacht. Zu ihm ging ich und er nahm mich auf, von da an arbeitete ich in seiner Fabrik. Auch da habe ich sechs Monate gearbeitet. Das war 2014. Und dann arbeitete ich bei einer Firma, die Messestände zusammenbaute und aufstellte. Die Arbeit hat mir Spaß gemacht, wir waren immer wieder in anderen Städten, in Antakya, Antalya, das war interessant. Aber die Arbeit war sehr hart, oft haben wir 19 Stunden am Stück gearbeitet, und nur wenig Geld bekommen. Insgesamt war ich 19 Monate in Istanbul. Es gab Freunde, die

nach Deutschland wollten. Sie fragten, ob ich mitkomme. Sie sagten, dass es in Deutschland keinen Rassismus gebe, und dass es ein tolles Land sei. Ich habe leider feststellen müssen, dass das nicht stimmt, das mit dem Rassismus. Es gibt Rassismus in Deutschland.

Die Jacke hat sich sofort vollgesogen mit Wasser und hat mich nach unten gezogen.

Ich fragte meine Eltern, sie sagten: 'Mach, was gut und richtig für dich ist.' Ich hatte Geld gespart und noch Geld von meinen Eltern bekommen, und dann bin ich mit mehreren Freunden im April 2015 von Istanbul nach Izmir gefahren. Wir sind mitten in der Nacht in Izmir angekommen, wir haben eine Unterkunft gesucht und ein billiges Hotel gefunden. Wir haben eine Woche gebraucht, um einen Mann zu finden, der uns helfen wollte, nach Griechenland zu kommen, für 1000 Euro pro Person.
Ich habe viele Freunde getroffen, die es mehrere Mal versucht hatten. Ich hatte Angst vor dem Boot, aber ich habe einen starken Willen, ich wollte versuchen, es zu schaffen. Mit einem LKW sind wir zur Küste gefahren. Der LKW war geschlossen, wir haben übereinander gelegen, 45 Menschen, Frauen und Kinder waren auch dabei. Mein Fuß war eingequetscht, jemand saß drauf, es war sehr eng. Ich hatte eine dicke Jacke an. Wir kamen ans Meer. Gott sei Dank war das Meer ganz ruhig. Wir stiegen in ein Schlauchboot, die Frauen und Kinder saßen in der Mitte auf dem Boden, die Männer außen am Rand. Ich hatte einen Rucksack und eine dicke Jacke, diese Jacke war sehr schön. Wir sahen die Insel, es gab einen Berg und viele Steine, der Kapitän hatte Angst und ist an einen Felsen gestoßen. Wir trugen keine Schwimmwesten, ich bin ins Wasser gefallen. O Gott, es war kalt, es war sehr kalt, und die Jacke hat sich sofort mit Wasser vollgesogen und mich nach unten gezo-

gen, diese verdammte Jacke. Aber ich bin an Land gekommen. Im Rucksack hatte ich alles in Tüten eingepackt, die Kleider in Tüten, das Handy, alles war geschützt. Wir sind über den Berg gestiegen, wir haben viele Tiere gesehen. Um 7 oder 8 Uhr morgens kamen wir in einen Ort und gingen sofort zur Polizei, aber die hatte noch geschlossen. Wir mussten zwei Tage warten, bis von allen die Fingerabdrücke genommen worden waren. Ein alter Mann, ein Tourist aus Kanada, weinte, als er uns sah. Er wollte uns 200 Euro geben, aber wir haben das Geld nicht genommen. Wir hatten Geld. Und wir haben unseren Stolz.

Mit einem sehr großen schönen Schiff, das viele Kajüten hatte, sind wir nach Athen gefahren. Wir kamen morgens an und suchten nach einer Unterkunft. Es hat den ganzen Tag gedauert, bis wir ein Hotel fanden. Für die Nacht in einem Zweibettzimmer haben wir 150 Euro gezahlt, mit Frühstück. Wir haben alles organisiert, was wir für den Weg zu Fuß brauchten. Ich habe eine Isomatte gekauft und gute Schuhe mit dicken Sohlen. Die schlechte Nachricht ist, dass ich einen dieser Schuhe verloren habe. Es gab eine Stelle in Makedonien, wo wir laufen mussten, da habe ich ihn verloren.

Wir sind mit dem Zug so nah wie möglich zur Grenze zwischen Griechenland und Makedonien gefahren. Zu sechst haben wir ein Taxi genommen, der Fahrer hat uns noch näher an die Grenze gebracht und auf der Autobahn raus gelassen. Dann sind wir durch den Wald gelaufen. Ein Freund hat uns geführt, er hat sich alles ganz genau im Internet angeschaut.

Wir sind gelaufen und gelaufen und gelaufen, auf einem kleinen Weg, bis einer in ein Loch fiel, er stolperte, da war eine Quelle, er war total nass, aber weil es Nacht war und sehr dunkel, haben wir nichts gesehen.

Wir hatten Taschenlampen dabei, aber nicht benützt, weil wir Angst hatten vor der Polizei. Eine Straße war in der Nähe des Waldes, da hat die Polizei patrouilliert. Wenn wir ein Auto gehört haben, warfen wir uns auf den Boden oder versteck-

ten uns hinter einem Baum. Wir kamen an das Hotel, das wir angesteuert hatten, konnten aber nicht alle in dem Hotel übernachten, weil es sehr klein war.
Da trafen wir eine andere Gruppe. Ein Freund, größer als ich, kannte jemanden aus dieser Gruppe. Wir tauschten uns aus. Die Frauen und Kinder schliefen im Hotel, die Männer waren draußen. Wir haben nicht geschlafen, wir haben gewartet, bis die Sonne aufging.

Es war eine sehr schöne Strecke, aber wir konnten sie nicht genießen...

Wir sind zusammen weiter gelaufen, wir waren ungefähr 40 Leute. Wir liefen im Wald, bis wir das Gleis eines Zugs sahen. Wir sind an dem Gleis weiter gelaufen – nach Serbien. Es gab einen, der uns führte, an beiden Seiten waren Bäume und Wald, wir konnten von der Polizei nicht gesehen werden. In der Nähe der Gleise war die Autobahn. So sind wir fünf Tage gelaufen, und weil Kinder dabei waren, haben wir alle eineinhalb Stunden eine Pause gemacht. In der Nacht haben wir einen guten Ort zum Schlafen gesucht, wir haben auf Isomatten nebeneinander geschlafen. Es war April, es war sehr kalt, manche hatten Angst vor Tieren – dass in der Nacht ein Tier kommt und sie beißt – manche hatten Angst vor Räubern – aber wir waren viele, wir waren vierzig.
Ich bin in Sneakers gegangen, ich hatte Schokolade dabei und eine Flasche Wasser. Wir haben auf dem Weg immer Quellen gefunden und unsere Flaschen aufgefüllt – wir sind durch den Wald gegangen, wir haben schöne Berge gesehen, es war eine sehr schöne Strecke, aber wir konnten sie nicht genießen, weil wir Angst hatten vor der Polizei. Wir haben Einwohner getroffen, einige waren hilfsbereit, andere nicht.
Am 6. Tag waren meine Füße kaputt.
Alle hatten Schmerzen. Wir versuchten, jemanden zu finden,

der uns nach Serbien bringt, und Gott sei Dank fanden wir Leute, die einen großen Lastwagen hatten. Sie haben uns gefahren, erst die eine Hälfte unserer Gruppe, dann die andere Hälfte. Der Fahrer hat uns einige Kilometer vor der serbischen Grenze rausgelassen und ist schnell weggefahren. Wir haben die Grenze überquert – im Wald. Als wir in Serbien angekommen sind, war es Abend. Wir liefen bis zu einer kleinen Stadt. Einer von uns ging in die Moschee und fragte, ob wir in der Moschee übernachten könnten. Aber wir durften nicht. Wir fragten, ob uns jemand nach Belgrad fährt, einer versprach es, kam aber nicht. Da sind wir weiter gelaufen – durch drei Orte, bis wir im vierten Ort eine Busbahnhof fanden, neben der ein Kiosk war, an dem wir etwas essen konnten.

Wir haben Tickets gekauft und sind nach Belgrad gefahren. Der Weg war sehr schön. Viel Grün, viele Berge, viele Fische, Fischfilets (er lacht) – nein, war nur Spaß. Das war im April 2015 – ein Monat lang war ich unterwegs. Dann haben wir Belgrad erreicht. Am Abend. Wir wussten nicht, in welches Hotel wir gehen sollten. Es war Nacht, wir hatten Hunger.

Neben der Bushaltestelle gab es einen großen Garten mit Bänken. Wir haben uns auf die Bänke gesetzt. Zehn haben geschlafen und die anderen haben auf die Sachen aufgepasst. Unter den Bänken waren Katzen. Wir haben uns mit unseren Jacken zugedeckt.

Am nächsten Morgen hat einer von uns ein Hotel gefunden, in dem wir übernachten konnten, alle 20, in Zweibettzimmern. Dort sind wir vier Tage geblieben, bis wir wussten, wie es weiter geht. Wir kauften Bustickets bis zur letzten Stadt vor der ungarischen Grenze. Wir sind gelaufen, neben der Autobahn, einen Fußweg. Es gab eine Stelle, wo wir die Autobahn überqueren mussten. Da kam Polizei, serbische Polizisten, sie wollten 10 Euro pro Person und ließen uns wieder gehen. Wir sind gelaufen bis zur ungarischen Grenze und haben sie an einer Stelle überquert, an der es keine Grenzkontrolle gab."

Sie kamen mit Hunden, es war, als hätten wir Bomben dabei oder jemanden getötet.

Einen Monat später treffen wir uns wieder.
„Gut siehst du aus“, sage ich, „nicht mehr so dünn.“
„Ich trainiere“, sagt er. „Boxen. Dafür brauche ich Proteine.“
Und er bestellt Rührei mit Tomaten.
„Wo waren wir?“
Ich lese ihm die letzten Sätze vor.
Und er setzt seine Erzählung fort: „Wir sind durch den Wald gelaufen, bis wir in Ungarn waren. Wir haben gute Kleider angezogen und unsere Taschen weggeworfen, damit die Leute nicht merken, dass wir Flüchtlinge sind. Aber eine verdammte alte Frau hat uns gesehen und die Polizei gerufen. In zwei Minuten war die Polizei da.
Sie kamen mit Hunden, es war, als hätten wir Bomben dabei oder jemanden getötet. Sie haben uns festgenommen, unsere Hände gefesselt und ins Gefängnis gebracht. Im Gefängnis war es unbequem.“ Yusuf lacht. „Ganz und gar nicht bequem. Wir waren in einer Zelle. Sie nahmen unsere Fingerabdrücke, unsere Ausweise und Pässe – mein Pass ist immer noch in Ungarn! Dann gaben sie uns ein Papier und ein Ticket, mit dem wir zum nächsten Flüchtlingscamp fahren sollten. Aber wir haben das Ticket genutzt, um nach Budapest zu kommen. Wir gingen in die Mitte der Stadt, wo es eine schöne Brücke gibt und viele Touristen. Zuerst haben wir gegessen, bei Mc Donald, kein Schweinefleisch, wir haben immer aufgepasst. Wir hatten zwei Tage nichts gegessen, wir waren sehr hungrig. Dann sind wir wieder raus und durch die Stadt gelaufen. Und gelaufen. Und gelaufen.
Wir wussten nicht, wo wir übernachten sollten. Wir hatten Angst vor der Polizei. Wir sind bis 24 Uhr gelaufen. Wir waren müde und kaputt. Und sind noch weiter gelaufen, bis um halb zwei. Wir haben nach einer Unterkunft gesucht, aber nichts

gefunden, alles war teuer, wir hatten nicht genug Geld.
Am nächsten Tag haben wir nach einem Mann gesucht, der uns nach Deutschland bringen kann. Wir haben mehrere Männer getroffen, aber zu den meisten hatten wir kein Vertrauen. Es gibt viele..." Yusuf sucht nach dem richtigen Wort, während die Kellnerin die Rühreier bringt, die er bestellt hat. Dann fällt ihm das Wort ein: „Schwindler. Manche sind Schwindler, sie nehmen das Geld und verschwinden, und wir sind verarscht."
Ich frage: „Woran merkt man, dass einer ein Schwindler ist?"
Yusuf: „Dass er zuerst das Geld will. Aber er bekommt das Geld erst, wenn er einen dahin gebracht hat, wo man hin will. Dann gibt's das Geld. Wir waren nicht naiv. Wir fanden schließlich einen Mann. Er brachte uns mit dem Auto nach Deutschland. Als wir in Bayern waren, hat er uns rausgelassen und ist schnell weggefahren. Das war in der Nähe von Passau. Dann hat uns die Polizei festgenommen. Sie brachten uns zur Polizeistation. Die Polizisten waren sehr nett. Sie haben unsere Fingerabdrücke genommen, aufgeschrieben, wie groß wir sind, welche Schuhgröße wir haben, woher wir kommen... Alles mit einem Dolmetscher.
Zwei Monate später war ich in Ravensburg, in die Schützenstraße. Es war Sommer. Und sehr sehr warm in der Unterkunft. Ich habe mich wie eine Fliege gefühlt. Ich konnte nicht schlafen. Wir waren in dem neuen Container. Im ersten Stock. Da war alles sauber. Im Gegensatz zum Erdgeschoss. Wo die Afghanen wohnten. Aber wir waren ja auch alle Syrer. Wir haben einem Syrer 75 Euro gegeben, der einmal in der Woche die Küche putzt und das Bad.
Als ich die Aufenthaltsgenehmigung bekam, bin ich zum Jobcenter gegangen. Ich habe in der Edith-Stein-Schule eine VABO-Klasse gemacht, ein Jahr lang. Ich habe versucht, in die Realschule zu kommen, aber das ging nicht. Ich verließ die Schule und habe den B1-Test an der Volkshochschule gemacht. Und bestanden.

Mit den Deutschen in meinem Alter ist es nicht leicht. Auch diejenigen, mit denen ich schon Kontakt hatte, zum Beispiel im Training, tun auf der Straße so, als würden sie mich nicht kennen. Während des Trainings kennen sie dich, außerhalb nicht. Das ist unhöflich. Es ist doch nicht so schwer, hallo zu sagen. Das kenne ich aus Syrien nicht, wir begrüßen uns immer auf der Straße. Wenn jemand so tut, als wenn er dich nicht kennt, dann ist das schrecklich peinlich. Ich würde das nie machen.

Vielleicht haben sie Angst. Vielleicht haben sie die falsche Meinung von uns. Vielleicht haben sie andere Syrer auf der Straße gesehen, die sich nicht gut verhalten haben, und denken, dass wir alle so sind. Aber ein syrisches Sprichwort sagt: Jede Hand hat fünf Finger. Das bedeutet, dass die Menschen nicht alle gleich sind, ebensowenig wie die Finger einer Hand."

Ich frage: „Wie ist es gerade in Syrien?"

Er sagt: „Ich wollte nicht zur Armee. Ich wollte nicht auf unsere eigenen Leute schießen. Und einen Mann wie Assad beschützen. Es stimmt, dass wir vor der Revolution Ruhe hatten. Aber das war, weil Assad alles verschluckt hatte. Wir hatten keine freien Wahlen. Wir mussten zur Wahl gehen, aber konnten nur Assad wählen. Ich wäre in Syrien geblieben, wenn unser Präsident gut gewesen wäre. Wir hätten für ihn gekämpft. Aber Assad hat die Regeln verändert, die Armee hat nicht mehr die Grenzen geschützt, sondern ihn und seine Familie. Und diese Familie besetzt Syrien seit 40 Jahren."

Mit Dativ

Im Deutschkurs erkläre ich, dass nach *mit* immer der Dativ kommt.
„Ich fahre *mit dem* Auto, ich fahre *mit dem* Bus, ich fahre *mit dem* Boot, ich fahre *mit dem* Schiff."
„Was ist ein Schiff?"
Ich zeichne ein Segelschiff ans Whiteboard: „Das ist ein Schiff."
Ich zeichne ein Schlauchboot an die Tafel: „Und das ist ein Schlauchboot."
„Schlauchboot! Heißt das so!?"
Ausrufe des Schreckens, der Erinnerung, mit einem Schlauchboot sind viele von der Türkei auf eine griechische Insel übergesetzt, bei Nacht und Nebel. Ich zeichne einige Strichmännchen in das Schlauchboot.
„Mehr", sagen sie, „viel mehr."
Einer kommt an die Tafel und zeichnet das ganze Boot voll mit Menschen.
„Es waren viele, sehr viele Menschen."
Jede und jeder erzählt andere Details, aber alle von der Angst, die sie hatten, als sie mit einem Schlauchboot von der Türkei auf eine griechische Insel fuhren.
Muna: „Es war sehr windig, die Wellen hoch, ich hatte große Angst. Osman wollte schlafen, Arif wollte Milch, Rusel hatte Bauchschmerzen. Osman durfte nicht einschlafen, das wäre sonst gefährlich geworden, er hätte vom Boot fallen können. Wasser kam ins Boot, wir schöpften das Wasser aus dem Boot. Die meisten haben dabei ihre Handys verloren. Ich hatte alles gut verpackt, auch Windeln und Milch, das war gut, ich konnte später auch anderen Müttern Windeln und Milch geben."

Abdul: „Wir saßen in einem Schlauchboot. Es war total überfüllt. Der Preis für die Überfahrt betrug 1200 Euro pro Person. Obwohl das Meer anfangs ruhig gewirkt hatte, war es doch sehr bewegt. Wir hatten Angst, hielten uns aneinander fest. Frauen und Kinder weinten. Doch es ging alles gut, nach zweieinhalb Stunden erreichten wir die griechische Insel Kos."

Zaher: „In Izmir blieben wir sechs Tage – von da setzten wir über auf eine griechische Insel, nach Chios."

„In einem Schlauchboot?"

„Ja, in einem Schlauchboot. Es war ein kleines Schlauchboot mit einem Motor. 47 Menschen waren in diesem Boot."

„Wie war die Überfahrt?"

„Es waren die gefährlichsten Stunden in meinem Leben, nie hatte ich mehr Angst. Es war stürmisch, die Wellen waren sehr hoch. Wir verließen die Türkei um 4 Uhr morgens. Plötzlich ging der Motor nicht mehr. Aber wir hatten Rückenwind, der Wind trieb uns an Land. Wir konnten die Insel von der Türkei aus sehen, und wir hatten einen guten Kapitän. Um 8.30 Uhr kamen wir in Chios an. Wir waren so froh, als wir es geschafft hatten!"

Dersim erzählt: „Ich habe gehört, dass deutsche Soldaten Schlauchboote kaputt gemacht haben, auf dem Weg von der Türkei nach Griechenland, Soldaten in deutschen Uniformen, mit den deutschen Farben an der Schulter. Flüchtlinge haben mir erzählt, dass die Soldaten die Schläuche kaputtgemacht und die türkische Küstenwache gerufen haben."

„Gibt es Fotos davon?", frage ich.

„Das weiß ich nicht", sagt Dersim.

„Das wäre ein Skandal. Ich kann mir nicht vorstellen, dass sie dazu einen Auftrag hatten von unserer Regierung. Das hätte ja im Bundestag besprochen werden müssen. Wann war das?"

„2015", sagt Dersim. „Die Bundeswehr ist Teil der NATO, vielleicht brauchen die deutschen Soldaten dafür keinen Auftrag aus dem Verteidigungsministerium."

Assadsee

Bei einem Fest im Sommer 2015 mit syrischen und deutschen Familien in Meersburg kam ich ins Gespräch mit Karam, neben ihm saß seine Frau Hala, die beiden Töchter spielten. Seitdem haben wir uns immer wieder getroffen, entweder in Meersburg oder in Ravensburg. Wir haben über die aktuelle politische Situation gesprochen, über die Hintergründe der so verworrenen Gemengelage in Syrien durch die vielen Konfliktparteien, aber auch über den Alltag von Karam und Hala und ihre Flucht.

Karam: „Wir wohnten am Assadsee, in der kleinen Stadt Tabaka. Der Assadsee ist ein Stausee des Euphrat im Norden Syriens. Er hat die Größe des Bodensees. Das Wasser ist sehr klar. Es gibt keine Fabriken am Ufer, nur Fischer dürfen den See nutzen. Die nächstgrößere Stadt ist Rakka. Das war früher eine normale Stadt, Menschen unterschiedlicher Religionen lebten friedlich zusammen. Jetzt ist Rakka die Hauptstadt des IS, das Zentrum der Islamisten.

Wir haben Deutschland mehrmals besucht, ich habe Fortbildungen in Frankfurt gemacht, in den Jahren 2000, 2004, 2010. Dazwischen sind wir auch als Besucher gekommen. Die Zahnheilkunde, die in Syrien praktiziert wird, hinkt technisch hinter der deutschen Zahnheilkunde her. Ich habe dafür gesorgt, dass meine Praxis auf dem neusten Stand ist.

Wir hatten kaum politische Freiheiten, aber es ging uns gut. Ich hatte viel zu tun, ich war nicht politisch tätig. Das Leben war relativ in Ordnung, jeder hat seine Wege und seine Ziele. Natürlich gab es die Träume von einem besseren Leben, aber das ist in jeder Gesellschaft so.

Karam und Hala

2000 starb der alte Assad. Sein Sohn kam an die Macht, viele hofften auf Reformen. Baschar al-Assad war jung, 38 Jahre alt, in England ausgebildet. Er hat versucht, Syrien zu modernisieren, ohne in Konflikt zu geraten mit den mächtigen Eliten des Landes – ein Balanceakt. Es wurde besser, es gab mehr Freiheiten. Die Wirtschaft war im Aufschwung, die Leute bekamen mehr Lohn.
Dann kam der arabische Frühling. Am 15.03.2011 war die erste Demonstration, drei Tage später wurden die ersten Menschen getötet. Es ist immer noch nicht ganz klar, wer für die ersten Schüsse verantwortlich ist. Es ist gut möglich, dass es neben den Rebellen und den Regierungstruppen eine dritte Gruppe gab, die Interesse an einer Eskalation hatte.
Es gab Gruppen, die gegen die Regierung waren und gute Ideen hatten, das waren die Rebellen der Freien Syrischen Armee. Und dann gab es die islamistischen Gruppierungen. Erdogan hat ermöglicht, dass viele ihrer Anhänger in der Türkei ausgebildet wurden. Anfang Juli 2012 haben die Islamisten den Grenzübergang in Tall Abyad angegriffen, das war der Beginn, von da an hatten alle Angst, die nicht Sunniten waren.

Der Wind war auf dem Weg zu uns.

Es gab plötzlich Vorschriften, wie sich die Frauen kleiden sollten, mit Kopftuch und Burka, die Angehörigen anderer Religionen wurden getötet oder vertrieben. In Tabaka blieb es ruhig bis zum Sommer 2012. Menschen unterschiedlicher Kulturen und Religionen lebten in Tabaka friedlich zusammen – Sunniten, Schiiten, Alawiten, Armenier, Aramäer, orthodoxe Christen und katholische Christen,."
Hala sagte: „Ich unterrichtete Mathe, Physik, Chemie und Informatik. Ich habe in der Schule kein Kopftuch getragen, aber langärmelige Blusen und T-Shirts. Einmal kam ich in die Schule und sah einen Satz, der mit roter Farbe an die Wand

gesprayt war, das war ein Angriff, weil ich kein Kopftuch trug. Der Direktor rief die Polizei, die Schüler wurden befragt. Man fand die zwei Jungen, die das gemacht hatten, sie wurden bestraft und an eine andere Schule versetzt."
Karam: „Wir fragten uns, was das bedeutet. Etwas lag in der Luft, etwas Bedrohliches. Das waren die ersten Vorboten einer Ideologie, die Freiheiten weiter einschränkte. Und dann begann der Krieg in Aleppo, es gab Proteste, die Armee begann, die Stadtviertel, die von den Rebellen kontroliert wurden, zu bombardieren. Menschen flohen, sie kamen auch nach Tabaka. Anfangs wurden sie privat untergebracht, dann in Schulen, auch in der Schule, in der Hala unterrichtete. Viele Menschen halfen den Flüchtlingen, brachten Öfen, Kühlschränke, Kleider, Spielzeug – wie hier. Und dann wurde die Polizeiwache von Tabaka angegriffen."
Hala sagte: „Der Wind war auf dem Weg zu uns. Das ist ein arabisches Sprichwort."
Karam zeigt Fotos von dem Garten in Tabaka, Fotos, die am 29.09.2012 aufgenommen wurden, wenige Tage vor dem ersten Angriff auf die kleine Stadt am Assadsee. Die sechsjährige Tochter Rachel stellt sich zu uns und kommentiert: „Das ist unser Garten. Da sind die Rosen. Und da war eine Katzenfamilie, eine Mutterkatze mit ihren Kindern, eine weiße, eine schwarze, eine gefleckte..."
Sie erinnert sich genau. Ihre Schwester Rebecca ist jünger, sie hat keine Erinnerung an Tabaka.

Ganz normale Menschen waren plötzlich mit Waffen unterwegs.

Karam: „Anfang Oktober 2012 kam der Krieg nach Tabaka. Nachts gab es Auseinandersetzungen zwischen den Rebellen und der Regierungstruppen, tagsüber ging das Leben weiter. Die Menschen kamen nach wie vor zu mir in die Praxis. Es

wurde gekauft, verkauft, gehandelt. Nachts wurde gekämpft. Unsere Stadt war irgendwann geteilt – wie Berlin. Im alten Teil von Tabaka waren die Rebellen der Freien Syrischen Armee, im neuen Teil die Regierungstruppen. Die alte Stadt versank im Chaos. Dieses Chaos haben die islamistischen Terrorgruppen ausgenützt.

Am 26.11.2012 kam es zu Schießereien mit schweren Geschützen. Die Kalaschnikows waren Spielzeug gegen diese Waffen. Ich war bei einem Freund, als die Schießereien losgingen. Es war schwierig zu orten, woher die Schüsse kamen. Ich versuchte, so schnell und so unauffällig wie möglich in die Wohnung zu kommen, zu meiner Frau und den Kindern. Ich ging nicht die Straßen entlang, sondern durch die Gärten. Die Gewalt war bei uns angekommen, in einem normalen Wohnviertel. Und ganz normale freundliche Menschen waren auf der Straße plötzlich mit Waffen unterwegs.

Am 8.12.2012 verließen wir Tabaka. Wir flogen nach Deutschland, wir wollten zwei Monate in Bad Nauheim bei Frankfurt bleiben und warten, bis sich die Lage beruhigt hat. Am 30.1.2013 kehrten wir nach Syrien zurück. Wir waren auf dem Weg nach Tabaka, als uns die Nachricht erreichte, dass die Straße nach Rakka gesperrt ist. Es hieß: Warten Sie zwei, drei Tage. Wir warteten.

Am 8.2.2013 wurde Tabaka von der Freien Syrischen Armee und den Islamisten eingenommen. Ich habe Freunde und Kollegen bei den Kämpfen verloren. Alle christlichen Symbole wurden zerstört. Muslimische Freunde haben versucht, meine Praxis und unsere Wohnungen zu schützen. Vergeblich. Regierungstruppen floh, die Minderheiten in Tabaka waren ohne Unterstützung.

Wir konnten nicht mehr zurück. Wir mussten alles aufgeben, unsere Wohnung mit den Möbeln, Büchern, Fotos, allen persönlichen Dingen, die Praxis, alles. Wir gingen zur Schwester meiner Frau nach Damaskus. Im Februar 2013 wurde

2017
Zcamera

ihr Mann getötet. Ende März sind wir weiter gezogen – und waren dann fünfzehn Monate lang unterwegs, immer auf der Suche nach einem Ort, an dem noch kein Krieg war.
Irgendwann hatten wir kein Geld mehr. Die Bank in Tabaka war ausgeraubt worden. Meine Frau verkaufte ihren Goldschmuck, damit wir Geld hatten. Ich war Arzt in eigener Praxis gewesen und angestellt in einem staatlichen Krankenhaus, mein Name war registriert – und doch bekam ich erst nach sieben Monaten Geld. Und dann war es fast nichts mehr wert. Die Mieten stiegen, das Geld, das ich früher monatlich verdient hatte, reichte nicht mehr für die Miete und für die Lebenshaltungskosten.
Menschen halfen uns. Das war neu, plötzlich brauchte ich Hilfe. Wir mussten Geld leihen. Monatelang gab es täglich Raketenangriffe, wir konnten kaum noch schlafen. Ich rauchte viel, ich wusste nicht, wie es weitergehen sollte. Und dann beschlossen wir, ins Ausland zu gehen und um Asyl zu bitten. Wir fuhren nach Beirut, beantragten Visa in der deutschen Botschaft. Und weil ich schon mehrmals in Deutschland war, habe ich sie auch bekommen. Von Karlsruhe kamen wir dann nach Meersburg.
Niemand weiß, wie es weitergeht in Syrien. Es gibt Aspekte in diesem Konflikt, die nur schwer zu verstehen sind. George Bush ist einer der Verantwortlichen für das Chaos im Irak und für die Entstehung des IS.
Jetzt wird gerade nach einer Lösung gesucht, die am billigsten ist, es wurde schon viel bezahlt und viel verloren. Die Islamisten können den Krieg verlängern, aber sie werden nicht bleiben. Gewalt ist keine Lösung, das ist eine christliche Erkenntnis."
Er und seine Frau sind Christen.
Ich sage: „Was ist mit den Kreuzzügen? Auch Christen waren – und sind – gewalttätig."
Karam: „Aber ob es dann Christen sind?"

Muslimisch meint den religiösen Glauben, islamistisch einen politischen Anspruch.

Als wir uns wenige Tage nach den Angriffen in Pariser Cafés am 13.11.2015 treffen, bei denen 130 Menschen starben, ist Karam dann allerdings doch der Ansicht, dass der IS militärisch bekämpft werden muss, und zwar nicht nur mit Luftangriffen, sondern auch durch Bodentruppen.
Karam: „Man sollte unterscheiden zwischen muslimisch und islamistisch. Muslimisch meint den religiösen Glauben, mit dem Wort islamistisch verbindet sich ein politischer Anspruch. Ich muss Ihnen noch etwas zeigen. Ich habe es neulich zufällig im Internet entdeckt."
Er schaltet seinen Computer an und zeigt mir ein Foto. Ich sehe einen Mann mit Kastenbart, der einen weißen Kittel trägt. Er hält einen Bohrer in der Hand wie eine Axt. Auf dem Stuhl liegt ein anderer Mann, sein Mund ist geöffnet, er hat ebenfalls einen Kastenbart.
Karam: „Das ist meine Praxis. Der Mann im weißen Kittel ist ein ehemaliger Patient von mir. Er spielt Zahnarzt. Er hat keinerlei zahnmedizinische Ausbildung."
„Dann muss einem der Mann auf dem Stuhl fast leid tun..."

Wer am meisten zerstört, gewinnt.

Telefongespräch mit Karam am 25.10.2017
Karam: „Ein Labortechniker, den ich kenne, war vor zwei Monaten in Rakka und Tabaka. Er blieb eine Woche. Er sagte, dass die Stadt nur noch aus Ruinen bestehe. Wer ist verantwortlich für die Zerstörung des Landes? Es sieht fast aus wie ein Wettkampf: Wer am meisten zerstört, gewinnt.
In Aleppo hat sich die Lage etwas entspannt. Da, wo das Regime die Kontrolle hat, ist es sicherer. Die Menschen können wieder nach draußen gehen. Aber die finanzielle Situa-

tion ist immer noch sehr schwierig. Viele haben keine Arbeit mehr. Mein Schwager arbeitet noch – in einer staatlichen Stelle. Aber er bekommt nur noch einen kleinen Teil seines ursprünglichen Gehalts. Vor dem Krieg bekam er 500 Euro, jetzt nur noch 50.

Meine Mutter könnte ohne unsere Unterstützung nicht überleben. Sie bekommt kein Geld, keine Rente. Ich war der Ernäherer der Familie und der juristische Vertreter meiner Mutter. Wir unterstützen unsere Familien. Wir teilen das Brot und die Brötchen. Die Lage in Rakka und Tabaka ist schrecklich. Unsere Wohnungen sind alle kaputt. Rakka wurde von kurdischen Gruppen befreit, die von den Amerikanern unterstützt wurden. Und das sieht man auch: Keine Stadt ist so zerstört worden wie Rakka oder Tabaka. Die Bilder erinnern an Berlin und Dresden. Das sagt etwas aus über die Strategie der amerikanischen Kriegsführung. Alles platt machen. Aus der Luft. Die Amerikaner haben ihre Macht ausgebaut und etabliert.

Die kurdischen Gruppen und die syrischen Truppen hatten einen gemeinsamen Feind – die Islamisten. Viele islamistische Kämpfer kommen aus dem Ausland – aus Afghanistan, Tunesien, Saudi-Arabien, Europa. Warum kämpfen sie und wofür? Es gibt religiöse und finanzielle Gründe. Es gibt Feindschaften – zwischen Iran und Saudi-Arabien, zwischen Schiiten und Sunniten. Die Auswirkungen auf die Zivilbevölkerung sind dramatisch.

Das Schlimmste ist die Angst.

Wir waren immer wieder in Situationen, in denen wir richtig Angst hatten. Das ist eine andere Form des Sterbens. Je länger die Angst angedauert hat, desto länger dauert die Verarbeitung. Am Anfang sind wir bei jedem plötzlichen lauten Geräusch zusammengezuckt, wenn ein Gewitter war und es donnerte, oder wenn etwas auf den Boden fiel. Wir haben nichts vergessen, aber wir haben es zugedeckt, um weiterleben zu können."

Hala: „Wir haben auch hier Probleme, aber das sind kleine Probleme im Vergleich zu den Problemen, die wir in Syrien hatten."

Karam: „Wir, das syrische Volk und das Land Syrien, sind die Opfer auf dem Altar eines dreckigen internationalen Spiels um Macht, eines Spiels, in dem alle denkbaren schmutzigen Strategien eingesetzt wurden und leider immer noch werden. Der Unterschied zwischen den vielen verschiedenen Konfliktparteien ist nicht so groß – ihr Ziel ist die Macht. Und beide benützen als Rechtfertigung ihrer Taten die Bevölkerung. Es geht immer um die Bevölkerung – im Namen der Bevölkerung wird gekämpft. Aber die eigentlich Leidtragenden dieser Kämpfe ist genau diese Bevölkerung, das Volk, in dessen Namen sie kämpfen, die normalen Menschen.

Es geht um die Destabilisierung einer Region, Israel hat daran ein Interesse, aber auch die anderen großen Mächte."

Meersburg, 18.11.2017

Trennung von Kirche und Staat

Ich schaue bei Karam und Hala vorbei. Der große Tisch im Wohnzimmer ist zu einem Arbeitstisch geworden mit vier Plätzen – da arbeiten (und spielen) alle vier: Hala, Karam und die zwei Mädchen, die neunjährige Rachel und die sechsjährige Rebecca.

Ich setze mich aufs Sofa, Hala sitzt mir gegenüber. Sie erzählt von der Ausbildung zur Erzieherin, ich vom Unterricht in den Integrationskursen. In einem meiner Kurse beten seit kurzem einige Muslime während der Pause im hinteren Teil des Raums. Ich weiß nicht genau, wie ich damit umgehen soll, denn einerseits kann laut Verfassung jede und jeder seine Religion frei ausüben, andererseits gibt es eine klare Trennung von Staat und Kirche, und die Schule ist ein öffentlicher Raum.

Als Karam kommt, sprechen wir erstmal über die Situation in

Aleppo, wo Karams Mutter und Schwester leben.
„Die Arterie, die Aleppo versorgt", sagt Karam, „geht durch Chanasser, über einen sehr langen Umweg durch die Wüste. Chanasser ist ein kleines Dorf, das niemand kannte – es wurde zur zentralen Gelenkstelle für die Versorgung Aleppos. Man spricht inzwischen vom Chanasserweg. Seit Idlib von den Islamisten kontrolliert wird, musste ein neuer Weg gefunden werden."
Er holt den Computer, öffnet die Syrienkarte, zeigt mir, wo Chanasser liegt. „Aleppo war mehrmals ohne Zugang. Alle Konfliktparteien sind verbrecherisch. Von allen Seiten wird Propaganda eingesetzt. Das Einzige, was stimmt, ist die Lüge. Aber irgendwann werden die Lügen auffliegen. Das, was gerade gespielt wird – mit internationaler Beteiligung – ist ein widerliches, unmoralisches, verlogenes mörderisches Spiel, in dem es nur um Macht geht. Und alle wissen es."
Karam arbeitet inzwischen in einer Praxis als Zahnarzt und unterrichtet Arabisch an der Volkshochschule. Karam: „Ich mache das sehr gern, aus unterschiedlichen Gründen. Ich lerne gern Menschen kennen. Der große Unterschied zwischen Deutsch und Arabisch ist, dass sich im Arabischen der Artikel nicht ändert, er ist gleich bei allen Wörtern. Es gibt weibliche und männliche Wörter – aber das zeigt sich nur an den Endungen, nicht im Artikel. Zuhause sprechen wir Sprachsalat – die Kinder sprechen nur Deutsch, Hala und ich sprechen Arabisch."
Auf meine Frage, wie Hala und er sich kennengelernt haben, sagt er: „Es gibt den Spruch: Es war Liebe auf den ersten Blick. Bei uns war es Liebe bei der ersten Zahnbehandlung."
Er lacht. Hala lächelt.
Ich erzähle von dem Schüler, der in der Pause im hinteren Teil des Zimmers betet. Als ich gehe, weiß ich, dass ich das Beten im hinteren Teil des Klassenzimmers nicht dulden werde. In der nächsten Stunde zeichne ich zwei Kästen an die Tafel

und schreibe über den einen Kasten: Kirche, Moschee, religiöse Praxis und über den anderen: Staat, Schule, öffentliche Einrichtungen. Dazwischen ein Spalt. Ich schreibe unter den Pfeil, der auf den Spalt verweist: Trennung.

Khaled

Am nächsten Tag wurde das Blut von den Straßen gewaschen

Ich heiße Mohammad Khaled und wurde am 5.7.1995 in Homs geboren. Da bin ich auch aufgewachsen. Homs liegt in der Mitte von Syrien. Für diejenigen, die Homs nicht kennen, will ich Homs beschreiben. Die Stadt Homs besteht aus zwei Teilen, der eine Teil hat alte Gebäude und der andere Teil moderne Gebäude, die Bewohner haben ein gutes Herz und viel Witz. So wurde Homs von der Mehrheit der arabischen Schriftsteller beschrieben. Der Held aus Homs taucht in vielen Büchern auf. Immer haben die Menschen aus Homs die Leute zum Lachen gebracht, auch wenn es Konflikte gab. Homs war aber auch die Stadt der Beendigung vieler Konflikte. Homs ist die drittgrößte Stadt in Syrien, nach Damaskus und Aleppo. Homs – und seine Umgebung – zieht viele Touristen an, weil es viele archäologische Ausgrabungsorte gibt und das Klima gemäßigt ist.

Warum der Mittwoch in Homs ein besonderer Tag ist

Vor vielen Jahren waren die Mongolen in Syrien und haben wichtige Städte erobert. Sie haben Häuser zerstört, Menschen getötet und die Natur verbrannt. Aber die Einwohner in Homs haben sich den Mongolen entgegengestellt und sie in die Flucht geschlagen, indem sie laut schrien und mit Töpfen und Topfdeckeln so viel Krach machten, dass die Pferde der Mongolen in Panik gerieten. Die Mongolen zogen sich zurück, obwohl sie Homs unbedingt einnehmen wollten. Die Bewohner waren überglücklich, weil sie durch ihren Einsatz die Stadt gerettet hatten. Und weil Homs an einem Mittwoch gerettet wurde, ist der Mittwoch bis heute ein Feiertag in Homs, und die Bewohner von Homs haben in ganz Syrien den Ruf, verrückte Leute zu sein. Diese Geschichte wird in Homs erzählt und von Generation zu Generation weitergegeben, auch in meiner Familie.

Ein Streich

Als ich in der Grundschule war, habe ich immer gut gelernt und regelmäßig Hausaufgaben gemacht. Ich war in einer großen Gruppe mit anderen Jungen, wir sind zusammen aufgewachsen und haben alles miteinander geteilt, wir trafen uns jeden Tag. Wir kamen in die Realschule und waren zum Glück alle in der gleichen Klasse, darüber haben wir uns gefreut. Unsere Lehrerinnen und Lehrer wussten nicht, dass das eine Katastrophe war. Weil wir immer Spaß haben wollten und Streiche machten und darüber lachten.
Wir versprachen uns, dass wir niemals jemanden von uns verraten, egal wie die Situation ist, auch nicht, wenn wir geschlagen werden. Eines Tages hatten wir keine Lust, in die Schule zu gehen. Wir wollten schwänzen und irgendwohin fahren, an einen Ort, an dem uns niemand kennt und sagen kann, dass wir heute nicht in die Schule gegangen sind. Wir wollten nicht, dass unsere Eltern davon erfahren, denn dann hätten sie uns bestraft und das Taschengeld gestrichen. Deswegen wollten wir vorsichtig sein und doch unseren Spaß haben.
Wir haben uns gegenüber der Schule verabredet, wir wollten nach und nach kommen, bis alle da waren. Ein Freund kam auf die Idee, die Polizei anzurufen und zu sagen, dass eine große Gruppe seine Schwester belästigt. Die Polizei fragte nach seinem Namen, er war verwirrt, wusste nicht, was er sagen sollte, sah mich und nannte meinen Namen. Aber weil es mein Spitzname war – Solaf – hatte es keine Folgen. Trotzdem habe ich mich darüber geärgert, weil ich Angst hatte, dass mein Vater davon erfährt.

Wir dachten, dass die Polizei nicht kommt, weil die Polizisten sofort merken würden, dass es sich nur um einen Streich handelt, aber sie schickten ein Auto zu dem Ort, an dem wir waren. Als wir das Auto sahen, sind wir weggerannt, jeder ist in eine andere Gasse gelaufen, damit die Polizei uns nicht verfolgen kann. Wir hatten Angst, wir wollten keine Probleme, sondern ein Abenteuer erleben. Zum Glück konnten wir alle fliehen, riefen uns später an und trafen uns wieder. Ich war wütend, weil mein Freund der Polizei meinen Spitznamen gesagt hatte, aber weil er mein bester Freund war, habe ich ihm nichts getan.
Wir sind bis 13 Uhr mittags durch die Stadt gelaufen. Wir versuchten, pünktlich zu Hause zu sein, weil um 13 Uhr die Schule zuende war. Jeder war in Panik. Aber glücklicherweise erfuhr niemand, was wir getan hatten. Ich beobachtete das Verhalten meines Vaters. Wenn er freundlich sein würde, war alles in Ordnung und er hatte nichts erfahren. Wir sprachen später noch oft über diesen Streich, und lachten viel, aber es war das erste und das letzte Mal, dass wir die Polizei angerufen haben.

Das Motorrad war größer als ich

Alle Freunde hatten ein Motorrad. Ich war 14 Jahre alt und wollte auch Motorrad fahren lernen. Endlich hat sich ein Freund bereit erklärt, es mir beizubringen. Wir sind zu einem Ort gefahren, an dem es keine Autos gab. Dort habe ich das Fahren gelernt. Ich konnte schon bald richtig gut fahren, obwohl das Motorrad größer war als ich. Ich habe mir jeden Tag ein Motorrad geliehen und bin durch die Stadt gefahren. Dann wollte ich ein eigenes Motorad haben. Es kostete viel, weil man Papiere brauchte. Ich hatte nicht viel Geld und beschloss, ein Motorrad zu kaufen, das nicht zugelassen war, weil das billiger war. Wir sind nach Hama gefahren, dort gab es einen Ort, in dem man Motorräder kaufen konnte. Ich habe eins ausgesucht und gekauft. Nach dem Kauf sind wir nach Homs zurückgefahren. Ich war glücklich und hatte gleichzeitig Angst, weil das Motorrad nicht angemeldet war und ich keinen Führerschein hatte. Nach ein paar Monaten wollte ich mit meinen Freunden zu einem Ort fahren, an dem sich freitags viele Leute aus Homs treffen, Freunde, Familie und Verliebte. Wir sind gemeinsam gefahren, alle auf Motorrädern. Auf der Rückfahrt in unsere Gasse hat die Polizei mich bemerkt, ein Verkehrspolizist folgte mir, er wollte mir das Motorrad abnehmen. Ich wusste nicht, was ich machen sollte. Meine Freunde sind auf ihren Motorrädern geflüchtet, ich wollte ebenfalls fliehen, denn wenn die Polizei erfuhr, dass ich noch nicht volljährig war und ein nicht zugelassenes Motorrad ohne Führerschein fuhr, wäre ich bestraft worden und hätte viele Probleme mit meinem Vater bekommen. Es gelang mir aber zu fliehen. Danach ließ ich das Motorrad lange in einem Gebäude, weil ich keine Probleme bekommen wollte. Ich wartete auf den nächsten Sommer, um es wieder rauszuholen. Mein Vater erlaubte mir, mit dem Motorrad zu fahren, aber ich sollte ihm versprechen, nicht zu schnell zu fahren, denn er hatte mich gesehen, als ich schnell fuhr, und er wollte nicht, dass mir etwas passiert. Ich erzählte ihm nicht, dass das Motorrad nicht angemeldet war. Ich habe es dann irgendwann weggeworfen, aber es war toll, dass ich so abenteuerlich gelernt habe, Motorrad zu fahren.

Die Gewinnerkarte

Ich war ungefähr acht Jahre alt. Ich spielte gut Fußball. Ein Nachbar hatte mich gesehen, als ich auf der Straße Fußball spielte, und er nahm mich mit zu einem Verein in unserer Stadt. Ich war sehr gern in diesem Verein, obwohl er nicht so berühmt war. Aber ich bin immer regelmäßig zum Training

gegangen. Am Anfang konnte ich nicht so gut spielen, aber ich wurde immer besser und dann durfte ich in der ersten Mannschaft der Jugendlichen spielen. Wir trainierten hart, obwohl wir noch nicht erwachsen waren.
Bei den ersten Spielen gegen andere Mannschaften war ich Auswechselspieler, damit war ich nicht sehr zufrieden, weil ich die ganze Zeit spielen wollte. Aber nach einiger Zeit wurde ich der Kapitän der Mannschaft, weil ich regelmäßig da war, auch wenn es kalt war. Es gab in Homs zwei Vereine, der eine heißt Alkarama, die andere Alwathba. Der Alwathba-Verein, bei dem ich gespielt habe, ist mal in der ersten und mal in der zweiten Liga gewesen. Mit dem Trainer verstand ich mich gut, wir haben an vielen Spielen teilgenommen. Ich habe immer gut gespielt, und einmal nannte mich der Trainer „die Gewinnerkarte".
Das hat mich sehr gefreut und ich war sehr motiviert, mich weiter zu verbessern. Ich wusste, dass ich eines Tages ein bekannter Spieler werden könnte, alle meine Freunde ermutigten mich, regelmäßig ins Training zu gehen. Ich war in der Mannschaft von Homs Jahrgang 1995. Aber weil ich sehr impulsiv spielte, verletzte ich mich und musste operiert werden. Ich konnte acht Monate nicht Fußball spielen.
Als ich wieder gesund war, wollte ich wieder ins Training, aber mein Vater wollte mich nicht gehen lassen, weil er Angst hatte, dass ich mich wieder verletze. Ich war traurig und wollte unbedingt wieder ins Training, ich überlegte, was ich tun sollte und bin irgendwann auf die Idee gekommen, meinen Trainer anzurufen und ihn zu bitten, bei uns vorbeizukommen und mit meinem Vater zu reden.
Er kam, sprach mit meinem Vater und überzeugte ihn, mir zu erlauben, wieder ins Training zu gehen. Aber dann brach die Revolution aus und ich konnte nicht mehr spielen. Das war das Ende meines Traums, ein berühmter syrischer Fußballspieler zu werden.

Die Belagerung von Homs

Ich war 15. Die Revolution hat in Daraa begonnen. Danach sind die Menschen in Idlib auf die Straße gegangen und dann in Homs. Sie waren unzufrieden mit dem Bürgermeister. Wir hatten in dem Moment noch kein Problem mit Präsident Assad, wir wollten nur den Bürgermeister absetzen. Er konnte alles in Homs machen, zum Beispiel die Preise für Lebensmittel manipulieren. Viele Leute kamen auch aus anderen Regionen nach Homs, um gegen ihn zu demonstrieren. Am ersten Tag blieb alles ruhig, am zweiten oder dritten Tag kam die Polizei und versuchte, die Menschen dazu zu bewegen, nach Hause zu gehen. Aber die Menschen ließen sich nicht nach Hause schicken. Jetzt richtete sich die Kritik auch gegen Baschar al-Assad und die gesamte Regierung. Die Demonstranten hatten Vorräte dabei, um länger auf der Straße bleiben zu können.

Ich war damals zuhause, mein Vater hatte mir verboten, zum Uhrenplatz zu gehen, dem zentralen Platz in Homs. Um halb zwei in der Nacht ging ich raus, um Brot zu kaufen. In der Bäckerei habe ich Freunde getroffen, die zur Demonstration wollten. Ich ging heimlich mit ihnen ins Zentrum der Stadt. Auf der Straße saßen Leute, die Stimmung war toll. Nach einer Stunde versuchte mein Vater, mich anzurufen, aber ich machte mein Handy aus.

Ungefähr um halb drei Uhr kam ein General mit einem Imam, um uns zu überzeugen, nach Hause zu gehen. Aber keiner wollte nach Hause, der Wunsch nach Freiheit war zu groß. Ein Mann vom Geheimdienst beobachtete uns von der Ecke aus. Polizei und Geheimdienst hatten sich unter die Demonstranten gemischt. Nachdem der General und der Imam weggelaufen waren, kam eine Polizeieinheit, um die Demonstration aufzulösen. Ich befand mich am unteren Ende des Uhrenplatzes, das ist der zentrale Platz in Homs.

Ich hatte die Polizei nicht gesehen, aber ich hörte Rufe, dass die Polizei das Feuer auf die Demonstranten eröffnet habe. Ich flüchtete auf einer Straße, die nicht blockiert war, und rannte nach Hause. Bis heute wissen viele Familien nicht, wo ihre Angehörigen sind, was mit ihnen passiert ist. Am nächsten Tag wurde das Blut von den Straßen gewaschen. Niemand weiß die genaue Zahl der Opfer, es wird von 500 bis 700 gesprochen, nur die Regierung weiß, wie viele es waren. Leute, die dabei gewesen waren, konnten nicht mehr auf den Platz gehen.

Alle Leute blieben daraufhin zuhause. Keiner war auf den Straßen, alle hatten Angst, mit den Erschießungen hatte keiner gerechnet, keiner wusste, warum die Polizei das getan hatte. Die Leute haben über Stunden den Lärm der Schüsse gehört. Mein Vater war sehr wütend, weil er große Angst um mich gehabt hatte. Er war glücklich, als ich zuhause war. Meine Freunde und ich waren entsetzt, wir haben nie gedacht, dass die Polizei auf Menschen schießen würde. Von da an demonstrierten nur noch sehr wenige Menschen bei der Freitagsdemonstration. Von Woche zu Woche wurden es dann aber wieder mehr und mehr. Wenn man auf diese Demonstrationen ging, musste man damit rechnen, nicht mehr nach Hause zu kommen. Später wurden in unserer Straße Lautsprecher installiert. Es war wie bei einer Hochzeit. Reden und Gesang der Demonstranten wurden übertragen.

Einen Freitag kam die Polizei und erschoss Menschen, den nächsten Freitag nicht. Wir warfen Steine mit Steinschleudern, wenn wir die Polizi in unserer Straße sahen. Wenn wir einen Verletzten fanden, transportierten wir ihn in ein Haus. Es wurde normal, verletzte Leute zu sehen, zuerst zwei, drei, die Zahl wurde immer höher. Ich hatte keine Angst, angeschossen zu werden, da meine Freunde mich mitnehmen und retten würden.

Das öffentliche Leben kam zum Erliegen, die Leute gingen

nur noch zum Beten raus. Freitag war der gefährlichste Tag. Nach zwei Monaten wurde jeden Tag demonstriert. Ich ging spontan und heimlich zu den Demonstrationen, mein Vater dachte, ich sei bei Freunden. Das war ich auch, weil auch meine Freunde bei den Demonstrationen waren.

Die Soldaten, die nach Homs geschickt wurden, desertierten und beschützten uns. Sie waren in einer sehr schwierigen Situation und wurden erschossen, wenn die Polizei sie sah. Sie errichteten Checkpoints, um unsere Straßen zu schützen und kontrollierten Leute, die sie nicht kannten. Sobald die Polizei auftauchte, waren die Straßen leer gefegt und es kam zu Schusswechseln zwischen der Freien Syrischen Armee und der Polizei.

Später erschienen Scharfschützen auf den Gebäuden. Manche Kreuzungen konnte man nur unter großer Gefahr überqueren. Eines Tages ging ich über eine Kreuzung, an beiden Ecken waren Scharfschützen, von der Polizei und vom Geheimdienst, ich musste in ein anderes Viertel, in dem es noch Geschäfte gab. Wenn man normal lief, schossen die Scharfschützen normalerweise nicht, aber ab und zu erschossen sie Menschen einfach aus Langeweile.

Homs wird belagert, Khaled hungert

Homs

Der folgende Text entstand aus einem Gespräch, das Manfred Kohrs geführt und aufgezeichnet hat. Er schreibt: „Im Frühjahr 2017 bat mich ein Freund, einem jungen Mann zu helfen bei der Vorbereitung auf die Deutschprüfung zum Erwerb der Mittleren Reife. Dafür müsse *Das Versprechen* von Dürrenmatt durchgearbeitet werden. Er heiße Abdul, sei 18 Jahre alt und stamme aus Syrien. Als Abdul mich das erste Mal besuchte, als wir uns einander vorstellten und er freundlich zurücklächelte, spürte ich, dass wir uns verstehen werden. Abdul ist auf natürliche Art selbstbewusst, aufgeweckt und an vielem interessiert. Ich half ihm und er schloss die Prüfung erfolgreich ab. Seit September 2017 geht er aufs Wirtschaftsgymnasium in Ravensburg."

Mein Onkel war fünfzehn Jahre im Gefängnis

Ich wurde in Homs geboren, im Oktober 1998. Ich habe drei ältere Brüder, Mouti, Manan und Ammar. Wir sind Sunniten. Wir bewohnten ein eigenes Haus mit fünf Zimmern. Als Kind ging ich zur Schule, machte Schularbeiten oder sah fern. Manchmal spielte ich Fußball oder ging mit Freunden ins Internetcafé. Die schönste Jahreszeit war für mich der Sommer. Ab und zu durfte ich meinem Vater helfen. Er ist Maler, er fand immer etwas, das ich anstreichen konnte.

Meine Mutter sagte zu mir: „Nur eine gute Ausbildung bringt dich weiter, Abdul. Nur dann kannst du dich entwickeln. Wenn du nicht lernst, bestimmen andere: Mach dies, mach das. Ich will nicht, dass du so lebst, Abdul."

Meine Mutter kommt aus einer reichen Familie, sie hatte viele Brüder. Als ihre Eltern starben, gaben ihr die Brüder nur einen kleinen Teil des Erbes. Meine Mutter besuchte keine Schule, sie half ihrer Mutter. Sie arbeitete von früh bis spät. Als meine Mutter zehn Jahre alt war, begann sie, als Schneiderin zu arbeiten. Ihr Vater hatte eine Metzgerei. Von ihm lernte sie, Schafe zu schlachten und zu zerlegen, was sonst reine Männerarbeit ist. Sie hielt die Einnahmen ihres Vaters in Büchern fest. Stritten ihre Brüder, schlichtete sie den Streit. Als sie fünfzehn Jahre alt war, kam Hafiz al-Assad an die Macht. Er ließ viele Sunniten verhaften. Ein Freund besuchte ihren Bruder, sprach schlecht von Assad. Ihr Bruder verteidigte Assad nicht, das wurde ihm zum Verhängnis. Schon am nächsten Tag nahmen ihn Funktionäre der Staatssicherheit fest. Meine Oma machte sich große Sorgen, sie wusste nicht, wo er war. Er verbrachte fünfzehn Jahre im Gefängnis. Sie wurde krank aus

Sorge um ihren Sohn. Meine Mutter kümmerte sich um sie. Mein Vater war arm, als er meine Mutter heiratete. Er ist ein gutmütiger Mann, der es anderen recht machen möchte. Oft wurde er ausgenutzt, für seine Arbeit schlecht oder gar nicht bezahlt. Meine Mutter kaufte eine Nähmaschine und nähte für Nachbarn und Bekannte. Obwohl sie weder schreiben noch lesen kann, verdiente sie so viel Geld, dass sie uns ein Haus kaufen konnte. Ich bewundere meine Mutter, sie ist mein Vorbild. Wenn ich fernsah, sagte sie: „Mach den Apparat aus und lern!“ Und manchmal warnte sie mich mit spaßigem Unterton: „Solltest du jemals rauchen oder trinken, bringe ich dich um.“

Dienstags und donnerstag wurde die Nationalhymne gespielt

Die Schule war von einer hohen Mauer umgeben. Der Sattel der Mauer war mit Stacheldraht gesichert. Ich fühlte mich wie im Gefängnis. Ein Teil der Kinder ging vormittags, ein anderer Teil nachmittags in die Schule. Vor Beginn des Unterrichts mussten sich alle Schüler nach Klassen geordnet im Innenhof der Schule aufstellen, wie Soldaten. Vor jeder Klasse stand ein Klassenführer mit einer syrischen Flagge in der Hand. War alles ruhig, erschien der Schulleiter. Niemand durfte sich bewegen, eine Miene verziehen oder lachen. Sonst wurde man mit einem Stock geschlagen. Dienstags und donnerstags wurde die Nationalhymne gespielt, ein Schüler spielte auf einem Instrument mit. Danach liefen wir in die Klassen und stellten uns neben unsere Plätze. Der Lehrer betrat das Klassenzimmer, begrüßte uns und wir grüßten im Chor zurück. Er sagte: „Setzen!“ Und wir setzten uns.
In jeder Klasse hing ein Bild von Baschar al-Assad. Nach der fünften Klasse bekam jeder Schüler das syrische Nationalbuch. Darin sind alle Verdienste der Assads aufgezeichnet,

von Vater Hafiz al Assad und von Baschar al-Assad, der Kampf gegen die Juden, was sie alles Gutes getan haben für Syrien und was sie noch Gutes tun wollen. Ich besuchte die Schule bis zur achten Klasse. Bis zur fünften Klasse waren Jungen und Mädchen zusammen. Es gab keinen Kopftuchzwang. Manche Mädchen trugen eins, andere nicht.
Geschlagen wurde ich kaum. Ich bemühte mich, nicht aufzufallen, ich verhielt mich höflich gegenüber den Lehrern. Am meisten fürchtete ich mich vor dem Stellvertreter des Schulleiters. Der trug stets einen Stock mit sich herum, den er im Ärmel seiner Jacke versteckt hatte. Er ging von Klasse zu Klasse und fragte die Lehrer, ob alles gut läuft. Fiel ein Schüler auf, musste er ihm folgen. Kehrte der Schüler in die Klasse zurück, waren seine Augen vom Weinen gerötet. In amerikanischen Filmen sahen die Schulen ganz anders aus. Ich wäre gern in so eine Schule gegangen, in eine Schule, in der ich keine Angst haben musste, mit Lehrern, die Kinder mögen.

Etwas Schlimmes wird dort passieren, das sagt mir mein Herz

Im Zentrum von Homs gibt es einen Platz, der fünfmal größer ist als der Marienplatz in Ravensburg. In der Mitte steht eine große Uhr. Das ist der Uhrenplatz. Hier trafen sich im Frühling 2011 die Menschen und sprachen über die Demonstrationen in Tunesien, Ägypten und Libyen.
An einem Freitag war ich gerade auf dem Weg zu meiner Oma, die Straßen waren wie leergefegt, da sah ich einen Mann, der einen anderen huckepack trug. Die zwei bewegten sich auf ein Tor zu. Es gehörte zu einem Wohngebäude, das abseits der Hauptstraße lag. Dort wohnte ein Onkel von mir. Ich folgte ihnen. Sie wirkten verängstigt. Aber sie kamen nicht in das Haus, weil die Tür zu war.
Ich klingelte bei meinem Onkel. Als sich die Tür öffnete, scho-

ben sich die Männer an mir vorbei ins Haus. Ich schloss die Tür hinter ihnen. Sie sagten, dass ich ihnen folgen solle. Aber ich ging in den ersten Stock zur Wohnung meines Onkels. Mein Cousin stand in der Tür. Ich erzählte ihm, was passiert war. Zusammen wagten wir uns in den Keller. Die beiden Männer hatten sich hinter dem Heizölbehälter versteckt. Einer hielt einen Stock abwehrbereit in der Hand, der andere wimmerte leise. Sein Fuß war verletzt. Sie baten uns um Wasser. Wir sollten niemandem sagen, dass sie hier seien.
Wir brachten ihnen Wasser. Sie fragten uns, ob ihnen jemand gefolgt sei. Wir gingen nach draußen, sahen zwei Polizisten, die offensichtlich auf der Suche nach den Männern waren. Aber nach einer Weile entfernten sie sich. Wir gingen wieder in den Keller. Die Männer baten uns um Kleidung. Sie müssten sich umziehen, um nicht erkannt zu werden. Wir besorgten die Sachen. Bevor sie aufbrachen, bedankten sie sich und gaben jedem von uns hundert Lira. Darüber freuten wir uns. Mit dem Geld gingen wir ins Internetcafé.

Der Krieg gegen die eigene Bevölkerung begann.

Im April 2011 zogen Tausende von Menschen zum Uhrenplatz. Einige zelteten dort. Eine große, friedliche Demonstration begann. Über ein Megafon wurden mehr Freiheiten gefordert. Die Stimme drang bis in unsere Wohnung. Mein Bruder Manan sagte, dass er am liebsten dabei sein würde. Daraufhin sagte Mutter: „Wenn du dorthin gehst, bist du nicht mehr mein Sohn. Etwas Schlimmes wird dort passieren, das sagt mir mein Herz.“
Die Polizei stellte ein Ultimatum: Der Platz sollte innerhalb von vierundzwanzig Stunden geräumt werden. Viele gehorchten, doch die meisten blieben. Erstmal geschah nichts, aber am nächsten Tag wurde auf die Demonstranten geschossen. Panik brach aus. Die Menschen liefen um ihr Leben, viele star-

ben. Danach durfte niemand mehr den Uhrenplatz betreten. Als mein Bruder Mouti die Schüsse hörte, begann er zu zittern. Er konnte vor Angst nicht mehr sprechen. Meine Mutter weinte und betete. Als nicht mehr geschossen wurde, rief mein Vater meine Oma an und meine Mutter meinen Bruder Ammar, der in Saudi-Arabien lebte und arbeitete. Sie vermieden das Wort „Schüsse", sie hatten Angst, dass jemand mithört.

Nachbarn beschlossen, sich gegen die Polizei zu wehren, zur Not mit Waffen. Andere schlossen sich an. Täglich gab es Schusswechsel. Der Krieg gegen die eigene Bevölkerung begann.

In den Straßen stapelte sich der Müll. Irgendwann schlug die erste Rakete in unserer Gegend ein. Die Luft roch nach Blut. Moutis Zustand verschlimmerte sich. Die Eltern sorgten sich um ihn, um Manan, um mich. Sie entschieden, Homs zu verlassen und nach Damaskus zu gehen. Das Leben schien dort noch normal zu verlaufen.

Wir nahmen nur das Notwendigste mit: Kleidung, Dokumente und ein paar Gegenstände aus der Küche. Wir zogen zu einem Onkel, der im Stadtteil Jarmuk am Rand von Damaskus mit seiner Familie lebte. Manan ging nach Saudi-Arabien zu Ammar. Sein Visum galt für zwei Jahre. Er fand Arbeit in einer Konditorei.

Ein halbes Jahr später kamen Männer von al-Nusra nach Jarmuk, sie kämpften gegen Assads Soldaten. Daraufhin wurde Jarmuk bombardiert. Eine Bombe traf das Haus neben unserer Wohnung. Wir verließen Jarmuk. Ein Taxi fuhr uns Richtung Libanon. An einem Kontrollpunkt wurden wir gestoppt. Bewaffnete Männer durchwühlten unsere Sachen. Angeblich fanden sie eine Patrone, obwohl wir keine Waffe hatten. Die Kontrolleure forderten zweitausend Lira. Meine Eltern zahlten. An der syrisch-libanesischen Grenze hieß es, Assad würde uns brauchen. Wir könnten nicht gehen. Wieder mussten wir zahlen. Im Libanon waren Syrer nicht willkommen. Wohnungen gab es kaum. Wir fuhren nach Akkar zu einer Wohnung, in der ein Onkel mit seiner Familie lebte. Die Wohnung hatte vier Zimmer, in jedem lebte eine Familie, in der ganzen Wohnung etwa vierzig Personen. Später stieß mein älterer Bruder Ammar zu uns. Er hatte sich Sorgen um uns gemacht und war aus Saudi-Arabien zurückgekehrt. Er hatte etwas Geld gespart. Mit ihm zusammen mieteten wir eine preiswerte Wohnung, die sich auf dem Dach einer Fabrik für Baustoffe befand. Sie hatte keinen Wasseranschluss und die Fensterscheiben waren zerbrochen. Wasser holten wir in Flaschen von einer abgelegenen Wasserstelle. Die Fenster verschlossen wir mit Plastikfolie. Über ein altes Kabel bezogen wir täglich zwei Stunden lang Strom aus der Fabrik. Geheizt haben wir mit einem kleinen Ofen, der mit Gas betrieben wurde. Morgens um sechs begann der Betrieb in der Fabrik und damit der Lärm, der erst abends endete. Immerhin hatten wir ein Dach über dem Kopf. Später zog noch der Onkel aus Damaskus zu uns, mit seiner Familie.

Vormittags arbeitete ich in einem Handyladen und reparierte Handys. Bald durfte auch Ammar helfen. Nachmittags ging ich in eine inoffizielle Schule, in eine Klasse für Flüchtlinge. Jeder von uns arbeitete, außer mein Bruder Mouti. So vergingen zweieinhalb Jahre. Dann wurde es verboten, Syrer zu beschäftigen.

Meine Eltern beschlossen, in die Türkei zu gehen.

Ein Passagierschiff brachte uns nach Mersin. Hier wurden die Syrer ausgenutzt, schlecht bezahlt oder um ihren Lohn betrogen. Zwei meiner Cousins flüchteten nach Schweden. Auch wir wollten so bald wie möglich weiterziehen. Ein Bekannter, der uns in Homs manchmal besucht hatte, bot an, Flugtickets nach Deutschland zu besorgen. Wir gaben ihm den erforderlichen Geldbetrag. Der Bekannte verschwand mit unserem Geld, aber ohne etwas für uns zu tun. Das Geld, das wir noch

hatten, reichte nur für wenige Monate. Mein Bruder Ammar sagte, dass er mit mir nach Österreich flüchten wolle. Für die Eltern sei der Weg zu schwierig und Mouti sei psychisch nicht stabil genug. Wir würden versuchen, sie auf sicherem Weg nachzuholen.

Auf der Flucht

Wir versteckten unser Geld am Körper – in kleinen Taschen, die meine Mutter in die Unterhosen nähte. Wir wollten über Griechenland fliehen. Ein Cousin kam mit. Ein Fahrer brachte uns nach Izmir. Von dort ging es weiter in einem geschlossenen Lastwagen, zum Strand, wie der Fahrer sagte. Nach einer Stunde stiegen wir aus. Der Lastwagen fuhr weg. Es war dunkel, die Gegend schien verlassen. Wir warteten lange. Aber nichts geschah, niemand holte uns ab. Wir suchten nach einem Weg zurück zur Hauptstraße und warteten ein paar Stunden an einer Haltestelle. Ein Bus brachte uns nach Izmir zurück. Nach einem weiteren vergeblichen Versuch klappte es eines Nachts doch: Wir saßen in einem Schlauchboot. Es war überfüllt. Der Preis für die Überfahrt betrug 1200 Euro pro Person. Das offene Meer war sehr bewegt. Wir hatten Angst, hielten uns aneinander fest. Frauen und Kinder weinten. Doch es ging alles gut, nach zweieinhalb Stunden erreichten wir die griechische Insel Kos.

Dort begegneten die Menschen uns freundlich. Zwei Wochen später erhielten wir die Genehmigung für die Weiterfahrt nach Athen. Wir buchten Plätze auf einem Passagierschiff. In Athen tauschten wir uns mit anderen Syrern aus, es war die Frage, wie wir am besten weiterkommen sollten. Ammar entschied sich für den Weg über Mazedonien. Drei Bekannte aus Homs schlossen sich uns an. Ein öffentlicher Linienbus brachte uns nach Thessaloniki, ein Taxi für 150 Euro pro Person dann zu einem Dorf in der Nähe der Grenze zu Mazedo-

nien. Wir hatten Glück, ein Grieche führte Flüchtlinge kostenlos an die Grenze, wo sie einigermaßen sicher überquert werden konnte. Wir waren ungefähr hundert Personen. Es war zwei Uhr nachts. Wir wurden aufgefordert, die Handys auszuschalten und uns ruhig zu verhalten. Schweigend bildeten wir eine Reihe und hielten uns an den Händen. Der Grieche führte uns bis zur Grenze auf einem Pfad, der versteckt zwischen Büschen und Bäumen lag.
Um sieben Uhr morgens erreichten wir das Ziel: ein kleines Dorf. Hier ruhten wir uns aus, aßen etwas und stillten unseren Durst. Wir wollten mit dem Zug weiter nach Skopje. Ein Einheimischer brachte uns zum Bahnhof.
Wir stiegen in einen maroden, überfüllten Zug. Wir hörten ein kleines Mädchen schreien, hörten, wie es verzweifelt immer wieder nach seiner Mutter rief. Es war nicht das einzige Kind, das seine Mutter im Gewühl der Menschen verloren hatte. Die Zugfahrt dauerte einige Stunden. Hungrig und durstig erreichten wir Skopje. Wir schliefen am Rand der Stadt, draußen.
Am nächsten Morgen folgten wir den Gleisen Richtung serbischer Grenze. Man hatte uns vor Banden gewarnt, die Flüchtlinge ausraubten. Wir hatten Glück, nichts passierte.
Nach sechs Stunden Fußmarsch erreichten wir die Grenze. Zuerst versuchten serbische Polizisten, uns zurückzuschicken. Später erbarmten sie sich und ließen uns passieren. Wir machten uns auf den Weg ins nächstgelegene Dorf. Es war ein heißer Tag. Wir erfrischten uns mit Wassermelonen, die auf Feldern wuchsen. Ab und zu stießen wir auf einen Bauernhof. Die Bewohner gaben uns Wasser und Milch. Am Abend erreichten wir das Dorf.
Für die Weiterfahrt nach Belgrad brauchten wir die Genehmigung der serbischen Polizei. Wir standen an, vor uns eine lange Schlange. Ich bekam den Tipp, dass es in einem anderen Dorf viel schneller gehe. Aber zu Fuß war es zu weit. Ein jun-

ger Mann von einer Tankstelle bot an, uns für 200 Euro pro Person zu fahren. Wir zahlten. Er stoppte vor dem Dorf, rief: „Raus, raus, Polizei!“ Wir sprangen aus dem Auto, das sogleich umdrehte und zurückfuhr. Keine Polizei weit und breit.

Ein Syrer kam uns entgegen und sagte, dass die Polizeistelle keine Genehmigungen mehr ausstellen würde. Wir hörten nicht auf ihn. Vor der Polizeistation tat unser Cousin so, als würde er ohnmächtig. Zwei Polizisten gaben ihm Wasser. Als er die Augen aufschlug, sagte ein Polizist, dass nur er und sein Bruder bleiben dürften. Da sagten wir, dass wir alle Brüder seien.

Die Polizisten schienen hilflos. Einer sagte schließlich, dass wir nun aber wirklich die allerletzte Gruppe seien, die eine Genehmigung erhalte. Wir durften uns einen Tag in Serbien aufhalten. Wir nahmen den nächsten Bus nach Belgrad. Man warnte uns vor Taxifahrern, die für eine serbische Bande arbeiteten. Sie lockten Flüchtlinge in ein preiswertes Hotel für fünf Euro pro Nacht, das aber in Wirklichkeit eine alte Fabrik sei, in der die Flüchtlinge ausgeraubt würden. Wir sollten weiße Taxis unbedingt meiden.

Mein Bruder und die anderen machten sich auf die Suche nach einem bezahlbaren Hotel, ich passte auf unser Gepäck auf. Ein weißes Taxi hielt. Der Fahrer zeigte ein Schild: Übernachtung fünf Euro. Ich versteckte mich hinter einer Hecke, behielt aber das Gepäck im Blick. Ich rief meinen Bruder an, erzählte von dem Mann. Wenige Minuten später war er bei mir. Ich beschimpfte ihn, weil er mich allein gelassen und weil ich so Angst gehabt hatte. Er beruhigte mich und brachte mich ins Hotel.

Über Facebook erfuhren wir von einem Mann, der uns für 1700 Euro pro Person nach Österreich bringen konnte. Wir telefonierten mit Syrern, die schon mit ihm gefahren waren. Die Auskünfte waren positiv. Wir zahlten. Der Fahrer fuhr uns zur ungarischen Grenze. Dort hielt er. Wir waren etwa zwan-

zig Personen. Wir befanden uns in einem Wald, warteten in der Dunkelheit, verhielten uns ruhig.
Drei Stunden später ging es weiter. Wieder fassten wir uns an den Händen, damit keiner verloren ging. So kamen wir über die Grenze und landeten in einem kleinen Dorf. Mein Bruder und ich kamen mit drei anderen in einen Lastwagen. Unser Fahrer sah müde aus. Er sagte, dass er in den letzten Tagen kaum geschlafen habe. Wir fragten ihn nach dem Grund. Das, was er mache, bringe viel Geld, sagte er. Mein Bruder setzte sich hinter ihn. Das war unser Glück, denn mein Bruder blieb als Einziger wach. Als der Fahrer einschlief, schlug er ihn auf den Rücken. Wir anderen erwachten, als der Wagen kurz ins Schleudern geriet, dann aber wieder auf die rechte Fahrbahn zurückkehrte. Als der Fahrer uns in der Nähe von Wien absetzte, bedankte er sich bei meinem Bruder.

You are not welcome here

Als wir schließlich Wien erreichten, sagte ein Polizist: „You are not welcome here. You can't stay in Austria. We don't have enough beds in our country. You have to sleep outside under the trees."
Sie hassen uns, dachte ich. Wir wurden in eine Polizeistation gebracht, durchsucht, mussten uns entkleiden. Ich kam in ein Gefängnis für Jugendliche, dessen Wände beschmiert waren, auch mit Hakenkreuzen.
Ich war mit einem jungen Afghanen im Zimmer, der kein Wort mit mir wechselte. Ich hatte Angst, weinte, betete und schlief. Einmal drückte ich eine Klingel. Ein Wächter kam. Ich bat, mit meiner Mutter sprechen zu dürfen. „I only want to tell my mother, that I am still alive."
Ich durfte nicht. Er sagte, er könne mir nicht helfen.
Zwei Tage später traf ich meinen Bruder. Obwohl Österreich unser Ziel gewesen war, wollten wir nun nicht mehr bleiben,

wir wollten nach Deutschland. Deshalb weigerte sich mein Bruder, sich die Fingerabdrücke nehmen zu lassen. Daraufhin beschimpfte ihn der Polizist und spuckte ihm ins Gesicht. Sie brachten uns zurück in die Zellen.
Dann wurden wir in einen anderen Raum gebracht. Ein Mann in Zivil, ein Dolmetscher und ein Polizist erwarteten uns. Der Mann im Zivil fragte uns, warum wir uns geweigert hätten, Fingerabdrücke nehmen zu lassen. Mein Bruder wiederholte, was der Polizist zu uns gesagt hatte. Der Mann wollte wissen, wer es gewesen war. Mein Bruder schwieg, er wollte nicht noch mehr Probleme bekommen. Ich wurde gefragt, warum ich nicht bleiben wolle.
„Ich möchte in Deutschland zur Schule gehen", antwortete ich.
Der Mann bemühte sich mit Hilfe des Dolmetschers, uns in Österreich zu halten. Nach einer Weile lenkte er ein und legte uns ein Papier vor.
„Gut, dann müsst ihr hier unterschreiben. Ihr seid in Österreich keine anerkannten Flüchtlinge, seid aber hier auf dieser Station untersucht und befragt worden."
Wir unterschrieben. Man brachte uns zu einer Jugendherberge. Am nächsten Tag wollte man uns dort abholen. Endlich konnten wir uns frisch machen, unsere Handys aufladen, endlich konnte ich mit meinen Eltern und meinem Cousin telefonieren. Meine Mutter weinte, sie brachte kein Wort heraus. Wir sagten dem Leiter der Jugendherberge, dass wir gleich weiter nach Deutschland wollten.

Im August 2015 erreichten wir Deutschland. Wir landeten mit dem Zug am Hauptbahnhof in München. Von hier kamen wir nach Ellwangen, in ein Aufnahmelager für Flüchtlinge. Es ging weiter nach Hechingen in ein ehemaliges Krankenhaus. Dann nach Meßstetten. Wir erhielten eine dreimonatige Aufenthaltserlaubnis. Heute leben wir in einem Flüchtlingsheim

in Weißenau nahe Ravensburg.
Ein Jahr später kamen meine Mutter und mein Vater nach Deutschland, mit Mouti und Manan. Alle lernen Deutsch. Manan und Mouti besuchen den Sprachkurs B1. Mein Vater und Mutter A2, Ammar macht schon B2. Mouti braucht immer noch Medikamente. Wir vermissen unsere Heimat, aber wir sind froh, in Sicherheit zu sein.

Im Unterricht

Reflexive Verben

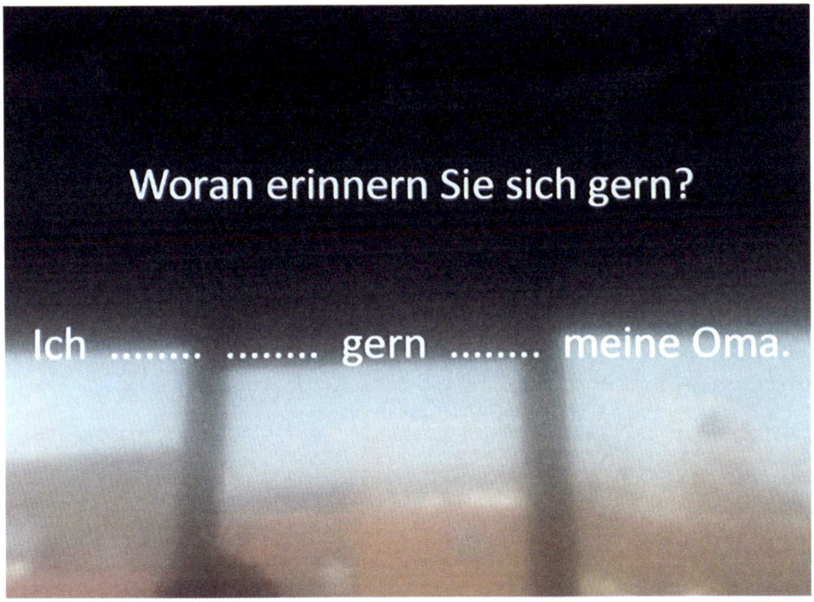

Im Unterricht geht es um reflexive Verben: sich kämmen, sich waschen, sich informieren, sich interessieren, sich erinnern. Ein Beispielsatz lautet: „Ich erinnere mich gern an meine Oma."
Ich frage die Teilnehmer und Teilnehmerinnen, woran sie sich gern erinnern.
Hamza, der mit 16 Jahren Deir ez-Zor verlassen musste, sagt: „An meine Eltern."
Aida aus Qamischli sagt: „An meine Eltern."
Duaa aus Damaskus: „An meine Eltern."
Maha aus Aleppo hat Tränen in den Augen, auch Duaa und Aida. Alle schweigen, alle sind traurig.

Die kulturelle Dimension von Ramadan

Als wir uns an den Samstagen während des Ramadans treffen, trinken und essen weder Mohamed noch Muna. Dersim schon. In einer Mail frage ich ihn, warum. Er schreibt: „Nach den islamischen Regeln bin ich kein Muslim. Aber ich fühle mich zugehörig zu der Kultur des Nahen Ostens. In dieser Kultur ist der Islam ein wichtiges Element neben den anderen Religionen und Philosophien wie Christentum, Zoroastrismus, Judentum und Manichäismus. Heute gilt Ramadan nur als religiöse Tat und hat seine kulturelle Dimension verloren, vielleicht wegen der Polarisierung in der Welt. Die kulturelle Dimension ist immer mehrfarbig, während die religiöse oft einfarbig ist, weil sie nur eine Seite der Gesellschaft reflektiert. Ich werde erst dann wieder fasten, wenn es eine Balance gibt zwischen religiöser und kultureller Bedeutung des Ramadans. Wer diese Balance herstellen könnte? Keine Ahnung..."

Muna

Ramadan bedeutet auch: Versöhnung

Im Ramadan darf man den ganzen Tag nicht essen, erst nachdem der Muezzin gerufen hat. Auf dem Tisch stehen dann viele Gerichte, drei oder vier Gänge, alle essen zusammen. Wir beginnen mit Datteln. Sous und Maruk müssen auch auf dem Tisch sein. Sous ist der Saft von Tamarinden, Maruk sind große, runde, süße Brötchen mit Zimt und Schokolade, Rosinen und Aprikosen, Sesam und Kümmel.

Die Leute laden ihre Bekannten zum Essen ein, man isst und unterhält sich, und nach dem Essen geht man zur Moschee um zu beten. Ramadan dauert 30 Tage. Dann kommt das Zuckerfest. Vor dem Fest putzen alle ihre Wohnung, kaufen den Kindern neue Kleider und neue Schuhe. Es gibt eine Kuchenspezialität, die es nur zu diesem Fest gibt, Mamonia, das ist ein syrischer Griespudding.

Das Zuckerfest dauert drei Tage. Wir ziehen die neuen Kleider an und besuchen Oma und Opa, am ersten Tag die Familie von Yaser, am zweiten Tag fahren wir zu meiner Mutter nach Afrin. Wir gehen auf die Friedhöfe und besuchen die Toten. Wir fahren mit den Kindern in Parks mit Spielplätzen und haben Spaß zusammen. Wer zu Besuch kommt, bringt den Kindern Süßigkeiten mit und Kuchen. Zehn Tage vor dem Fest gehen viele Menschen in die Moschee, lesen den Koran und beten die ganze Nacht bis zum Morgen.

Das war vor dem Krieg. Jetzt ist das anders. Die Familien sind zerrissen, die Kinder wissen nicht mehr, was das eigentlich ist, Ramadan. Ramadan bedeutet nicht nur Verzicht auf Essen und Trinken, es bedeutet auch, dass die Familie zusammen sind, dass man den armen Menschen hilft, dass man den

Koran liest und betet. Und wer Probleme hat mit Geschwistern oder Nachbarn, muss sich versöhnen.

Rezept Mamonia

Sonntag, 5.8.2018. Es ist sehr heiß. Muna hat mich eingeladen, weil sie mir zeigen will, wie man Mamonia macht. Eine Nachbarin hat Muna das Kochen beigebracht. Wenn Muna eine Frage hatte, klopfte sie an der Wand, und die Nachbarin kam – egal um welche Uhrzeit, auch in der Nacht. Weil sie viel betete, war sie auch in der Nacht wach. Und immer freundlich und immer hilfsbereit. In Munas Herkunftsfamilie hat ihr Vater die Mamonia gemacht, allerdings nicht nach Rezept, und auch nicht mit Tasse und Esslöffel, sondern nach Gefühl und Wellenschlag.

Die Maßeinheit ist eine Tasse.

Muna lässt *Butterschmalz* in einem Topf schmelzen, gibt *2 Tassen Grieß* dazu und röstet den Grieß unter dauerndem Rühren bis er goldgelb ist.

Dann fügt sie *4 Tassen Zucker* dazu, rührt weiter.

Dazu kommen *10 – 11 Tassen kochendes Wasser.*

Rühren. Rühren. Rühren.

Deckel auf den Topf und die Mamonia auf kleiner Flamme quellen lassen. Den Topf vom Herd nehmen und weitere fünf Minuten quellen lassen.

3 – 4 Esslöffel Butterschmalz dazugeben und
2 Esslöffel Orangenwasser. Rühren.

In eine Schüssel geben, mit *2 Esslöffel Mascarpone*.

Pistazien und *Zimt* über die Mamonia streuen.

Und dann essen wir die Mamonia. Allerdings nicht nur die Mamonia. Der Tisch ist reich gedeckt... Wir essen und trinken. Und sprechen auch von Afrin. Ich erfahre, dass Munas Mutter den Hof verlassen musste, als die Türken im März 2018 kamen und Afrin besetzten. Munas Mutter lebt, aber nicht mehr zwischen den Oliven- und Pfirsichbäumen. Inzwischen ist Afrin zerstört, eine „Trümmerwüste“, wie es in den Zeitungen heißt.

Frieden ist, wenn...

Anfang Oktober 2015 fahre ich nach Mariabrunn und suche nach der Notunterkunft. Sterntalerblätter fallen von den Bäumen, wirbeln in der Luft, leuchten gelb auf dem dunklen Asphalt. Waggons mit rotgrünen Äpfeln stehen am Straßenrand. Ich stelle das Auto auf den Parkplatz, gehe zur Turnhalle der Irisschule, sehe den Wachdienst und weiß, dass ich richtig bin, dass hier eine Notunterkunft ist, die erste im Bodenseekreis.

Am Kaffeeautomat stehen drei junge Männer, einer fragt mich, ob ich einen Kaffee wolle. Als ich verneine, fragt er: „Wie geht es dir?“

„Mir geht es gut“, sage ich, „und wie geht es Ihnen?“

„Auch gut“, sagt er.

Ich frage, woher er komme. Aus Syrien, sagt er, aus Damaskus. Aber er sei Palästinenser. Ich erzähle von dem Ausstellungsprojekt in Meersburg und frage, ob er von sich und der Flucht erzählen wolle. Er nickt. Wir gehen in die Halle, links stehen Biertische und Bänke, rechts sind graue Container mit Schlafzellen, die den Innenraum unterteilen. Einige Tische sind noch nicht abgewischt, wir setzen uns an einen sauberen Tisch. Im Verlauf des Gesprächs wechselt er sehr bald vom Deutschen ins Englische.

Er sagt: „Ich heiße Zaher und wurde am 15.11.1988 in Damaskus geboren. Mein Großvater kommt aus Palästina, deshalb bin ich staatenlos. Ich habe mein Leben lang in Syrien gelebt, ganz normal wie andere syrische Bürger, aber ohne Nationalität. Ich konnte alles machen, nur nicht in der Verwaltung arbeiten.“

Ich frage, ob das gut sei, staatenlos zu sein, jetzt, als Flüchtling in Deutschland.
„Ja“, sagt er, „ es ist gut, weil ich dann vielleicht eher die deutsche Staatsangehörigkeit bekomme.“
Er habe in einem Commercial Institut eine Ausbildung gemacht.
„Und dann ging ich zur Armee.“
„Von Assad?“
„Von Assad. Zwei Jahre. Als ich den Wehrdienst leistete, war noch Frieden, als ich fertig war, begannen die Probleme. Der 1.6.2011 war der erste Tag nach dem Militärdienst, der erste Tag meines neuen Lebens. Ich versuchte, einen Job zu finden und arbeitete an der Rezeption eines Hotels. Weil die Unruhen, Demonstrationen und Verhaftungen zunahmen, ging ich am 2.10.2012 in den Libanon, in ein Gebiet, in dem Palästinenser schon seit vielen Jahren leben. Da habe ich bei einem Gemüsehändler gearbeitet. Es ist kein Camp, sondern ein abgeschlossenes Gebiet, in dem sich die Palästinenser frei bewegen können. Nach vier Monaten kam meine Familie nach. Es war sehr teuer im Libanon, wir wohnten in einer Art Garage, in einem sehr kleinen, engen Raum, wir hatten nichts. Wir bekamen Decken und das Notwendigste von unseren neuen Nachbarn. Ich habe zwei Brüder und eine Schwester, wir suchten Arbeit und wir fanden Arbeit. Wir blieben zwei Jahre. Am 15.11.2014 haben wir den Libanon verlassen.“
„War das nicht Ihr Geburtstag?“
„Ja“, sagt er, „deshalb erinnere ich mich auch so gut daran. Wir hatten Geld gespart, aber als Palästinenser konnten wir nicht in die Türkei fliegen, sondern mussten den Bus nehmen. Wir gingen zurück nach Syrien, alle zusammen, meine Eltern, meine Brüder, meine Schwester mit ihrem Mann und ihren zwei Kindern, und von Syrien fuhren wir Richtung türkische Grenze. Soldaten von Assads Armee hielten die Busse an, kontrollierten die Passagiere.

Hundert mal wurden die Busse angehalten, bei zehn Stopps mussten wir zahlen. Ich hatte Syrische Lira dabei, nur für diesen Zweck, aber die Soldaten wollten mehr, als ich erwartet hatte. Ich zahlte insgesamt 6000 Syrische Lira – das sind 30 Euro – nicht wenig in Syrien, wo ein durchschnittlicher Arbeiter 20 000 Lira pro Monat verdient.
Nach dem letzten Stop hatte ich kein Geld mehr, glücklicherweise waren wir da bereits auf dem Gebiet der Freien Syrischen Armee. Die Männer, die uns anhielten, waren respektvoll, sie wollten kein Geld. Wenn man von Soldaten von Assads Armee gefragt wird, darf man nicht sagen, dass man in die Türkei will, die Angehörigen der Freien Syrischen Armee machten keine Probleme, sie wünschten uns eine Gute Reise. Die Freie Armee kämpft übrigens nicht nur gegen die Truppen von Assad, sondern auch gegen den IS und gegen die Hisbollah, die verbündet ist mit Assad.
Und so kamen wir zur syrisch-türkischen Grenze. Der Grenzübertritt kostete 30 000 Lira pro Person. Wir wollten nach Istanbul. Das war schwierig. Wir hatten Frauen dabei und Kinder. Wir brauchten 14 Stunden von der syrisch-türkischen Grenze nach Istanbul. Wir mussten 500 Dollar nur für die Vermittlung einer Wohnung zahlen, 300 Dollar für eine kleine Wohnung, die völlig leer war, 500 Dollar für Wasser und Strom. In Istanbul blieben wir neun Monate. Ich arbeitete in einer Kleiderfabrik und applizierte Etikette auf Jeans mit Hilfe eines Dampfbügeleisens."
Er macht eine Geste, zeigt, wie er die Etikette auf die Jeans gebügelt hat.
„Ich war irgendwann sehr schnell. Ich arbeitete von 8 Uhr morgens bis 8 Uhr abends und verdiente dreihundert Dollar im Monat. Wir blieben sechs Monate, dann ging mein Vater mit einem meiner Brüder nach Deutschland. Und die anderen blieben in der Türkei."
„Warum?"

„Wir hatten nicht genug Geld", sagt er, „um die Schleuser für alle zu bezahlen. Ich ging zurück nach Damaskus, um unsere Dokumente zu holen und die Zeugnisse. Es war sehr gefährlich, aber es gab keine andere Möglichkeit. Am 15.7.2015 verließen wir Istanbul, am 1.8.2015 kamen wir in München an. Für den Weg von Istanbul nach München brauchten wir 15 Tage. In Izmir blieben wir sechs Tage – von da setzten wir über auf eine griechische Insel, nach Chios."

„In einem Schlauchboot?"

„Ja, in einem Schlauchboot. Es war ein kleines Schlauchboot mit einem Motor. 47 Menschen waren in diesem Boot."

„Wie war die Überfahrt?"

„Es waren die gefährlichsten Stunden in meinem Leben, nie hatte ich mehr Angst. Es war stürmisch, die Wellen waren sehr hoch. Wir verließen die Türkei um 4 Uhr morgens. Plötzlich ging der Motor nicht mehr. Aber wir hatten Rückenwind, der Wind trieb uns an Land. Wir konnten die Insel von der Türkei aus sehen, und wir hatten einen guten Kapitän. Um 8.30 Uhr kamen wir in Chios an. Wir waren so froh, als wir es geschafft hatten!"

Kurz setzt sich eine junge Frau zu uns – steht aber bald wieder auf, verschwindet, kehrt zurück, fragt Zaher etwas. Er sieht auf, antwortet freundlich, sie lächelt und geht wieder. Ich frage, was sie wollte. Er sagt, dass sie ihn gefragt habe, wie ihr die Jacke stehe, offenbar hatte sie eine neue Jacke bekommen und brauchte sein Urteil.

Zaher hat ein Accounting-Diplom und würde gern in einer Bank arbeiten. Aber der erste Schritt sei das Deutschlernen. Und er brauche eine Aufenthaltserlaubnis.

„Danach bau ich mir eine Zukunft auf."

Ich frage ihn, was er unter Frieden verstehe.

Er antwortet: „Wenn meine ganze Familie sicher zusammen ist im selben Land – ohne dass wir irgendeinen verloren haben. Wir wollen niemanden umbringen und wir wollen auch nicht umgebracht werden."

Er sei glücklich, dass seine ganze Familie in Deutschland sei, er kenne viele Flüchtlinge, die noch Familienangehörige in der Türkei hätten, in Jordanien oder in Syrien. Sein Vater und sein Bruder seien noch in Thüringen, aber er sei da gewesen und habe festgestellt, dass fast niemand in Thüringen Englisch spreche, und dass die Bewohner den Flüchtlingen gegenüber nicht so aufgeschlossen und freundlich seien wie hier. Deshalb hoffe er, dass sein Vater und sein Bruder bald zu ihnen in den Süden Deutschlands kommen können.
„Nein, ich war nie in Palästina. Ich möchte die deutsche Staatsangehörigkeit und Deutscher werden – auch wenn ich Palästinenser bleibe. Wir haben nicht das Recht, Palästina zu besuchen. Sie haben 1948 meinen Großvater gezwungen, seine Heimat zu verlassen. Aber wir werden Palästina nicht vergessen. Neun Millionen Palästinenser leben außerhalb von Palästina, in Syrien, im Libanon, in Jordanien und Ägypten. Die Juden wollen nicht mit uns zusammen leben."

Ein heftiger Herbstwind weht, als ich die Turnhalle von Mariabrunn verlasse, er fegt die Blätter von den Bäumen, treibt die Wolken auseinander, kurzzeitig scheint die Sonne mir warm ins Gesicht. Ich atme tief ein und aus. Ich versuche, die hohe emotionale Spannung, die im Gespräch mit Zaher zu spüren war, auszuatmen.
Schwärme von Vögeln fliegen über den Himmel, jemand lässt einen Drachen steigen, er hat einen langen Schwanz, der mit Schleifen geschmückt ist. Sie hängt mir nach, die traurige Geschichte der Palästinenser. Als ich nach Hause zurückfahre, bin ich deprimiert, weil der Konflikt zwischen Juden und Arabern so unselig ist und so ausweglos zu sein scheint. Und weil der Grund seiner Entstehung auch in der deutschen Geschichte liegt, im Holocaust.

Meine Heimat tut mir weh

Nach der sumerischen Mythologie haben die Götter eines Tages gegen Enlil rebelliert. Enlil war ihr Chef. Sie hatten Tag und Nacht für ihn gearbeitet. Sie wollten ihm nicht mehr dienen. Mit ihren Hacken und Äxten belagerten sie sein Schloss. Enlil musste eine Lösung finden, um sein Königreich nicht zu verlieren. Er beschloss, Menschen zu erschaffen, die ihm und den anderen Göttern dienen. Allerdings konnte nur Mamy, die Göttin der Geburt, Menschen auf die Welt bringen. Aber dafür brauchte sie ein Opfer. Einer der aufständischen Götter wurde getötet, Mamy mischte das Blut mit der Erde und machte daraus einen Menschen. Deshalb ist ein Mensch auch aus einem Teil der Erde, auf der er wächst, er nimmt seine Heimat mit, wohin er auch geht.
Vielleicht hat man deswegen Heimweh nach seiner Heimat, weil sie Körper und Seele genährt hat. Es macht nichts aus, ob man in besseren Bedingungen gelebt hat oder nicht, man hat immer Sehnsucht nach der Erde, die Körper und Seele geformt hat. Obwohl die Lebensbedingungen in meiner Heimat immer schwierig waren, hat man Heimweh – und Sehnsucht selbst nach den Schwierigkeiten, nach der Armut, nach der Einfachheit des Lebens, nach der Zufriedenheit der Menschen. Sie arbeiten nicht, um Geld zu sparen, sondern um genug zu essen zu haben. Man hat Heimweh und Sehnsucht nach der Vergangenheit, in der man ein Kind war, das vor der Tür der Nachbarn spielte.
„Ich war kein glückliches Kind damals, aber die Entfernung ist wie ein Schmied, der aus schlechtem Eisen einen Mond macht." Schreibt der palästinensische Dichter Mahmoud Derwisch.

Für mich ist meine Heimat ein Theater, in dem die Gedanken der Kindheit stattgefunden haben, sie ist der Ort, an den ich eines Tages zurückkehren werde, um noch mal mit den anderen Schauspielern zu spielen. Es tut sehr weh, wenn das Theater der Gedanken brennt und die Schauspieler sterben oder wenn man sie verlassen muss. Mit jeder Zerstörung und mit jedem Tod stirbt ein Teil unserer Gedanken und unserer Seele, stirbt die Vergangenheit und die Gegenwart und vielleicht auch die Zukunft.

Gespräch mit Baschar

Mit Integration kennen sich die Syrer aus

Baschar gehört zu den geflüchteten Menschen in Ravensburg, die man kennt: er trommelt, macht bei Integrationsprojekten mit, steht am syrischen Falafelstand auf dem Weihnachtsmarkt, ist zugewandt, freundlich, gesprächsbereit. Er lebt seit 2015 in Ravensburg – und bis Ende Januar 2018 war er hier ohne seine Frau und seine Töchter. Er wollte sie nicht mitnehmen auf die Flucht nach Deutschland, weil er Angst um sie hatte, er fürchtete, sie nicht schützen zu können auf dem Weg. Der Familiennachzug ist bis heute schwierig, Baschar wurde vertröstet, wartete Monat um Monat, bekam immer wieder einen abschlägigen Bescheid, wartete weiter und blieb doch zugewandt, aufgeschlossen und freundlich.
Ich sprach mit ihm im Dezember 2017.

Baschar: „Ich komme aus Damaskus, die Vorfahren meines Vaters sind aus Kurdistan, die Vorfahren meiner Mutter aus Dagestan, einer russischen Republik im Nordkaukasus. Meine Mutter kommt aus Homs, mein Vater hat bei der Polizei gearbeitet. Meine Frau ist ebenfalls aus Dagestan. Wir haben kurdisch-dagestanisch-turkmenische Wurzeln.
Ich wurde in Syrien geboren, Syrien ist meine Heimat.
Was Integration bedeutet, wissen wir sehr gut, seit 1400 Jahren leben Muslime und Christen in Syrien friedlich zusammen, Moscheen und Kirchen stehen nebeneinander. Mein bester Freund ist Christ, wir haben keine Vorurteile. Es gibt christliche Gebiete und muslimische.
Das Assad-Regime hat alles zerstört, was gut war in Syrien. Es geht den Assads nur um ihre Macht. Ich bin Grafik-Desig-

ner, ich habe 17 Jahre in Dubai gearbeitet. Ich hatte Freunde in Dubai, deshalb habe ich ein Visum bekommen. Ich war acht Monate in Dubai, ich konnte nicht bleiben, als der Krieg gegen Kuwait begann. Ich ging nach Syrien zurück, war zwei Jahre bei der syrischen Armee und ging dann wieder nach Dubai.
In Damaskus gibt es ein Viertel, in dem die Botschaften sind. Viele junge Menschen versuchen, Visa zu bekommen, um Syrien zu verlassen. Sie sind schon um 4 Uhr morgens da, sie warten lange in der Schlange, das ist traurig und hat mich wütend gemacht, weil Syrien ein sehr reiches Land ist, reicher als Saudi-Arabien. Wir haben Öl und Industrie, wir haben viel exportiert in andere Länder, bis die Assads an die Macht gekommen sind. Dieser Clan bereichert sich auf Kosten der Bewohner Syriens.
1993 bin ich nach Dubai gegangen, mit 31 Jahren, und habe als Grafik-Designer gearbeitet. Ich wurde der Studio-Direktor einer Werbefirma in Abu Dhabi. Dubai ist verlogenes Land. Nein, ich habe nicht gern da gelebt. Viele Menschen arbeiten in Dubai – sie kommen aus der ganzen Welt. Ich hatte ein gutes Gehalt und zwei Autos, ich hatte alles. Ich habe meine Frau nach Dubai gebracht, wir wohnten in Sharjah, das ist ein Vorort von Abu Dhabi. Eigentlich ist es nicht weit, in zehn Minuten könnte man in Abu Dhabi sein, aber es ist immer viel Verkehr, man steht dauernd im Stau, deshalb braucht man mindestens eine Stunde. Meine Kinder sind in Dubai zur Welt gekommen. Es gibt viele Jobs, man kann gut Geld verdienen, aber es ist ein emotional kaltes Land. Es war keine glückliche Zeit, aber eine gute Erfahrung.
Wir beschlossen, zurückzugehen nach Syrien. Ich wollte ein eigenes Geschäft aufmachen. Ich arbeite schon lange mit Computern, seit Beginn der Computer-Technik. 2009 sind wir zurückgegangen. Ich mietete ein Haus in Damaskus, ich versuchte, ein eigenes Unternehmen zu gründen und Beziehungen aufzubauen. Aber das war schwieriger als gedacht.

Und als die Revolution begann, war es vorbei.
In anderen Bereichen kann man vielleicht auch während des Kriegs überleben, aber teure Werbe-Kampagnen starten nur reiche Unternehmen, die Voraussetzung sind kaufkräftige Kunden, und die gibt es während des Kriegs nicht. 2013 haben wir Damaskus verlassen. Meine Frau wollte schon früher gehen, aber ich wollte bleiben.
Viele Flüchtlinge waren innerhalb von Syrien unterwegs. Meine Frau ging mit unseren Töchtern zu ihrer Familie nach Salamiyya, ich blieb in Damaskus mit meinem Bruder im Haus meiner Mutter. Eines Tages wachte ich auf und dachte an meine Töchter. Ich fühlte mich verantwortlich für sie, ich fürchtete, dass ihnen etwas passieren könnte, wenn wir weiter in Syrien bleiben. Das war der Tag, an dem meine Schwester und ihr Mann in den Libanon fuhren und fragten, ob ich mitkommen wolle. Ich sagte zu.
In der Nähe der Grenze ist eine kleine Stadt, kleiner als Ravensburg, mein Schwager hatte da eine Wohnung, er kommt aus dem Libanon. An der Grenze gab es strenge Kontrollen. Ich hatte eine gute Kamera, die ich meiner Schwester gab. Sie versteckte die Kamera unter ihrem Tschador. Als wir kamen, wurden wir sehr gründlich kontrolliert, wir mussten aus dem Auto steigen und alles zeigen, alles öffnen. Wir hatten viel Essen dabei, weil das Essen so teuer ist im Libanon. Sie haben uns eine Stunde lang kontrolliert, aber die Kamera glücklicherweise nicht entdeckt.
Ich bin einen Monat lang im Libanon geblieben, dann ging ich in die Türkei. Ich habe drei Schwestern, eine ist in Syrien, eine in Tunesien, eine in Amerika. Ihr Mann ist Amerikaner, ein Christ, der Muslim geworden ist, er unterrichtete Englisch und lebte gern in Syrien. Als die Revolution begann, sagte die amerikanische Botschaft, dass sie nicht für sein Leben garantieren könnte. Er kam zufällig in eine Demonstration und bekam eine Ladung Tränengas ab, da beschloss er, mit seiner

Familie Syrien zu verlassen und nach Amerika zu gehen.
Die Schwester, die in Tunesien lebt, hat mir Geld geliehen, als ich in die Türkei ging. Ich bekam von unterschiedlichen Leuten Geld, das Geld, das ich in Dubai verdient hatte, war schon verbraucht, 65 000 Dollar – damit hätte man viel machen können, aber das Geld wurde immer weniger, Grund war die Bankenkrise, die Gründung des Unternehmens, die Revolution. Ich blieb sieben Monate in der Türkei, bis 2014, dann kamen auch meine Frau und meine Töchter. In Syrien mussten sie zum Schluss dauernd umziehen, man war nie sicher, es gab kleine Orte, die sicher zu sein schienen, aber es nicht waren. In Istanbul arbeitete ich mit einem Syrer zusammen, ich machte Werbung, aber es lief nicht gut. Da haben wir manchmal auch gehungert, bis ich beschloss, Istanbul zu verlassen und nach Deutschland zu gehen.
Am 1. April 2015 ging ich von Izmir nach Griechenland, am 6. Mai 2015 kam ich in Denkendorf an. Ich bin allein gegangen, ich fürchtete um meine Frau und meine drei Töchter. Sie sind noch in Istanbul. Ich versuche seit Monaten, sie nach Deutschland zu bringen.

Am 24. Januar 2018 hat er dann endlich seine Frau und seine Töchter am Flughafen in München abholen können. Sie kamen mit einem Flugzeug aus Istanbul. Nach drei Jahren Trennung sind sie nun wieder zusammen.

Gespräch mit Mazen

Mischmisch oder Das Leben in Duma

Mazen besucht einen Sprachkurs, in dem ich Deutsch unterrichte. In den ersten Monaten hat er in der Pause seinen kleinen Teppich ausgerollt und betete im hinteren Teil des Zimmers. Als sich andere anschlossen, bat ich sie, sich einen anderen Ort zu suchen, weil ich die Trennung von Staat und Kirche/Moschee für eine wichtige Errungenschaft in unserer Demokratie halte.
Wenn von Ghouta die Rede war, wurden die Gesichter der Teilnehmer in meinem Kurs besorgt. Einmal sagte eine Teilnehmerin aus Hasaka, dass es in Ghouta nur noch wenig zu essen gebe und dass Kinder verhungert seien. Dann erwähnte Mazen, dass er Ghouta nur durch einen Tunnel habe verlassen können. Dieser Tunnel sei aber längst geschlossen, niemand könne mehr durch ihn flüchten. Assad lasse die Menschen aus Ghouta gnadenlos verfolgen, weil sie sich dem Aufstand gegen ihn schon früh angeschlossen hätten.
Als Putin Anfang 2018 Ghouta bombardieren ließ und Assad Bodentruppen nach Ghouta schickte, fragte ich Mazen, ob er vom Leben in Ghouta erzählen könne. Wir verabredeten ein Treffen an einem Samstag Ende Februar. Dersim hatte sich bereit erklärt, bei Bedarf zu übersetzen.
Ich kam eine viertel Stunde früher, besetzte einen Tisch im Café Miteinander, holte etwas zu trinken und drei Schokoladenwecken. Dersim kam, Mazen nicht. Er entschuldigte sein Fehlen, als wir uns wiedersahen. Seiner Frau sei es nicht gut gegangen, denn ihre gemeinsame erwachsene Tochter lebe noch in Ghouta mit den zwei Enkeln, außerdem Mazens Eltern und viele Verwandte. Sie hätten seit einigen Tagen

keine Nachricht mehr von ihnen erhalten, seien sehr besorgt, er habe seine Frau in dieser Situation nicht allein lassen können. Er sprach davon, dass die Häuser in Duma inzwischen alle kaputt seien und die Menschen in Kellern hausten.
Aus diesem Grund wurde einige Wochen später Chlorgas eingesetzt, weil das Gas nach unten sinkt und die Menschen aus den Kellern treibt. Dann kann man sie bombardieren und töten.
Drei Wochen später fand das Treffen dann doch statt. Mazen kam mit seinem fünfzehnjährigen Sohn, der in die Ravensburger Realschule geht, ein feines Gesicht hat und schon ganz gut Deutsch spricht. Der Sohn übersetzte, wenn Mazen nicht weiter wusste, unterstützt von Dersim.

Mazen: „Wir lebten in Duma. Das ist eine Kleinstadt in der Region Ost-Ghouta, etwa so groß wie Ravensburg. 2015 musste meine Frau nach Damaskus ins Krankenhaus, sie sollte operiert werden. Duma wurde bereits belagert, seit Februar 2013. Alles war sehr teuer geworden, ein Kilo Reis kostete 100 Lira in Damaskus, aber 3000 Lira in Duma. Meine Frau ging mit den Kindern nach Damaskus, wo ihre Eltern leben. Nachdem sie wieder aus dem Krankenhaus entlassen worden war, stellte sich die Frage, ob sie zurückkommen sollte nach Ghouta.
Wir entschieden uns dagegen. Die Situation in Duma war immer noch schwierig, es gab wenig zu essen, der Strom fiel immer wieder aus. Ich sagte ihr, dass sie in Damaskus bleiben sollte, ich wollte versuchen, zu ihr und zu den Kindern zu kommen. Sieben Monate später gelang mir die Flucht durch einen Tunnel. Das ging kurze Zeit später nicht mehr, weil die Tunnel geschlossen wurden.
Ghouta gehört zum grünen Gürtel von Al Scham – so nennen wir Damaskus. Es gibt viele Obstbäume, Gemüse wird angebaut, Pflaumen, Pfirsiche, Trauben, Mischmisch – wie heißt das auf Deutsch?“

Der Sohn von Mazen überlegt, Dersim überlegt, greift nach dem Smartphone, sucht und sagt: „Aprikosen."
„Ach ja", sagt der Sohn, „Mischmisch sind Aprikosen."
Mazen: „Es gibt viele Aprikosenbäume. Unser Obst ist sehr gut. Es gibt aber auch Kühe, und insgesamt mehr Pflanzen und Bäume als Einwohner. Als Ost-Ghouta belagert wurde, haben die Bewohner den ganzen Tag Aprikosen gegessen, weil wir keine anderen Nahrungsmittel mehr hatten und weil Assads Truppen versucht haben, die Bewohner von Ghouta auszuhungern. Aprikosen werden haltbar gemacht, indem man sie kocht und den Brei in Formen gießt. Die Aprikosenmasse wird dünn ausgerollt und trocknet 20 bis 25 Tage in der Sonne. Auf diese Weise ist sie bis zu drei Jahren haltbar.
Nachdem die Belagerung begonnen hat, haben wir auch Gerste angepflanzt und gegessen. Normalerweise wird Gerste an Tiere verfüttert, weil sie nicht besonders schmeckt. Gerste ist anspruchslos, sie wächst überall. Das Brot wird sehr hart, wenn es nur aus Gerste besteht. Ein Händler, der gute Beziehungen mit Damaskus hatte und viel Gerste für die Tiere anbaute, hat einen Deal gemacht mit dem Regime – Milch und Käse kamen nach Damaskus, die Gerste blieb in Duma."
Ich frage: „Warum sind die Kämpfe nur in Ost-Ghouta? Was ist mit West-Ghouta? Warum ist nie von West-Ghouta die Rede?"
Mazen sagt: „Die Menschen aus West-Ghouta sind schon weg. Die meisten sind nach Idlib gegangen. Sie haben ihre Heimat verlassen müssen. Meine Eltern, unsere älteste Tochter und unsere Geschwister sind noch in Ost-Ghouta. Ich war mit meiner Frau und den Kindern ein Monat lang in Damaskus, aber da gibt es viele Polizeitkontrollen, alle 200 Meter. Man muss den Ausweis zeigen und hat Probleme, wenn man aus Duma kommt. Meine Frau und meine Schwiegermutter haben immer den Mietvertrag mitgenommen, wenn sie unterwegs waren. Man muss nachweisen, wie lange man schon in Damaskus lebt.

Ein Bruder meiner Frau hat in Damaskus gearbeitet, er wurde während der Arbeit verhaftet, nur aufgrund der Tatsache, dass in seinem Ausweis als Herkunftsort Duma steht. Die Bewohner haben sich früh solidarisiert mit der ländlichen Protestbewegung in Daraa, wo der Aufstand gegen Assad begonnen hat. Auslöser für die Demonstrationen in Daraa war die harte und zynische Reaktion des Bürgermeisters auf Jugendliche, die ihn und die Stadtverwaltung kritisiert hatten, indem sie Sätze an Wände schrieben. Die Jugendlichen wurden ausfindig gemacht, verhaftet und verschwanden im Gefängnis. Niemand wusste, was mit ihnen passiert. Die Eltern waren besorgt, gingen zum Bürgermeister. Er sagte: 'Vergesst eure Kinder, macht neue. Und wenn ihr das nicht könnt, schickt eure Frauen zu uns.'
Diese zynischen Sprüche haben die Menschen empört. Sie gingen auf die Straße und protestierten – friedlich. Die Reaktion war brutal – acht Menschen wurden erschossen. Das hat die Bewohner von Daraa radikalisiert. Manche sagen: 'Wenn Assad den Bürgermeister von Daraa entlassen hätte, wäre es nicht zum Krieg gekommen.'
Zwischen Daraa und Ghouta gibt es verwandtschaftliche und freundschaftliche Beziehungen, viele haben sich mit den Menschen in Daraa solidarisiert. Ich war bei der ersten Demonstration in Duma dabei, wir waren gegen die Korruption und für Reformen, friedlich, ohne Waffen – aber das konnte Assad nicht ertragen. Er ließ auf uns schießen. Viele starben, sieben meiner Neffen sind tot. Andere wurden verhaftet und kamen ins Gefängnis. Mein Bruder ist seit sechs Jahren im Gefängnis, wir wissen nicht, ob er noch lebt. Auch einer meiner Neffen ist im Gefängnis und der Mann einer Tante."
„Die Gefängnisse müssen sehr voll sein..."
Der Sohn von Mazen sagt: „Ja, sie sind sehr voll. Es gibt so wenig Platz, dass die Gefangenen nicht mal sitzen können."
Mazen: „Assads Armee kam 2012 nach Duma, aber der Wider-

stand war erbittert, die Gruppen haben sich gegen Assad zusammengeschlossen und verbarrikadierten sich auf den Bauernhöfen. Sie haben die Soldaten Assads rausgeschmissen. 2017 haben sich die verschiedenen Gruppierungen getrennt, inzwischen kämpfen sie wieder zusammen."
Ich frage: „Und der IS? War der auch in Ghouta?"
Mazen: „Nein, der spielte keine Rolle. Bei uns hat die Freie Syrische Armee gekämpft und die Islamische Armee unter der Leitung von Mohamed Alloush. Alloush war im Gefängnis, sein Vater war ein Salafist, er hatte immer Probleme mit dem Regime. Die islamische Armee hat gegen den IS gekämpft. Der IS wurde von Assad unterstützt. Assad braucht Islamisten, die bereit sind, mit der Waffe zu kämpfen, das verwendet er in seiner Propaganda. Dieser Krieg wird auch in den Medien geführt. Der Kampf gegen den IS war auch ein Vorwand, um den Protest der normalen, friedlichen Menschen niederzuschlagen.
Mohamed Alloush kommt aus Ghouta, die Menschen kennen ihn, er hatte viel Zulauf. Seine Islamische Armee konnte den IS in Ghouta kontrollieren, bis zu seinem Tod im Jahr 2015, er starb in Damaskus. In Ghouta hatte der IS keine Chance – das war in Afrin und Aleppo anders."
Ich frage: „Sind die Mitglieder der Islamischen Armee Fundamentalisten?"
Mazen: „Nein."
Ich frage: „Assads Partei ist die Baath-Partei, die als sozialistische Partei angefangen hat. Spürt man noch etwas von den sozialistischen Idealen?"
Mazen: „Ich kann nichts anfangen mit dem Sozialismus. Die Situation in Syrien hat nichts mit Sozialismus zu tun. Die Menschen konnten alles machen, aber sie durften das Regime nicht kritisieren. Einer, der zehn Menschen umgebracht hatte, konnte sich freikaufen, aber einer, der etwas gegen das Regime sagte, kam ins Gefängnis und blieb viele Jahre drin. Korruption

Tabaka 2017

ist ein großes Problem, wenn einer mit illegalen Geschäften zehn Millionen macht, zahlt er eine Million Schmiergeld. Das kalkuliert er schon ein, dann bleiben ihm immer noch neun Millionen.
Eines Tages wurde mein Motorrad gestohlen. Ich ging zur Polizei, um den Diebstahl zu melden. Der Polizist war hungrig und sagte, ich soll ihm und seinen Kollegen erstmal etwas zu essen und zu trinken holen, dann würden sie sich mit meinem Anliegen beschäftigen. Ich habe etwas zu essen und zu trinken geholt, aber getan haben sie nichts, mein Motorrad ist nicht wieder aufgetaucht. Ich habe ein neues gekauft, und als es irgendwann wieder verschwand, habe ich nichts gemacht. So habe ich wenigstens das Geld für das Essen und die Getränke für die Polizisten gespart."
Ich frage: „Wie haben Sie Ghouta verlassen?"
Mazen: „Durch einen Tunnel, mit dem Auto. Durch diesen Tunnel wurden auch Nahrungsmittel nach Ghouta gebracht, das Rote Kreuz und andere Organisationen brachten außerdem Medikamente, es gab ein Abkommen zwischen der Freien Syrischen Armee und Assad, auch Kranke sollten aus Ghouta geholt werden können. Aber dieses Abkommen wurde immer wieder gebrochen. Inzwischen ist die Einstellung der Bewohner und auch der Rebellen: Siegen oder sterben.
Das Problem ist groß, es kann nicht durch einen Korridor gelöst werden, durch den die Zivilbevölkerung die Städte in Ost-Ghouta verlässt. Denn was passiert mit den Leuten, die ihr Land und ihr Haus verlassen? Es gibt keine internationale Garantie, kein Land, das für ihre Sicherheit einsteht.
Die Soldaten von Assad haben einen Hass gegen die Menschen aus Ghouta, in den Sozialen Netzwerken wird gehetzt: Keiner soll überleben, weder Männer noch Frauen noch Kinder. Die Soldaten von Assad kommen aus dem Libanon, aus dem Irak und dem Iran, es sind Söldner, keine Syrer, und in der Regel Schiiten.

Als die Demonstrationen begannen, war niemand gegen die Schiiten oder die Alawiten. Assad versucht, die Kämpfe als Kämpfe zwischen Schiiten und Sunniten zu deklarieren, aber das stimmt nicht. Die Menschen aus Ghouta kämpfen gegen fremde Söldner, die nichts mit Syrien, nichts mit den Syrern zu tun haben. Inzwischen hat Assad mehr als 200 Luftangriffe geflogen gegen die eigene Bevölkerung in Ost-Ghouta. Viele Menschen sind geflüchtet in die Gebiete des Regimes. Es gibt Berichte, dass ihnen dort geholfen wird, aber niemand weiß, was passiert. Putin hat gesagt, dass er 200 neue Waffen in Syrien ausprobiert hat. Es gab viele Gegner von Assad in Ghouta, ohne die Hilfe von außen hätte Assad schon längst verloren."

Ich: „Warum war der Widerstand in den ländlichen Gebieten stärker als in den Städten?"

Mazen: „Weil die Städte stärker von Assad kontrolliert werden als die ländlichen Gebiete. Alle Geheimdienstbehörden sind in den Städten. Die Beziehungen zwischen den Menschen sind auf dem Land anders als in der Stadt, persönlicher, näher, man kennt sich gut.

Nach einem Monat in Damaskus haben wir beschlossen, zu fliehen. Es war zu gefährlich für uns. Für die Flucht habe ich 300 000 Lira gezahlt. Ein Mann verdient im Monat etwa 30 000 Lira. Von Damaskus sind wir in den Libanon gegangen, von da aus in die Türkei und von der Türkei nach Griechenland. Wir waren 21 Tage unterwegs, bis wir in Deutschland waren. Seit Mitte April 2016 leben wir in Bergatreute."

In den Gärten des Glücks

In Bagdad lebte einst, unter der Herrschaft Harun al Raschids, ein Mann namens Sindbad. Er war Lastträger und ein armer Mann und arbeitete schwer, und er sehnte sich nach Reichtum und Ruhe. Eines Tages, als er gerade wieder eine Last auf seinem Kopfe trug, während der Himmel heiß war wie glühendes Metall, ermattete er unter der sengenden Sonne, und es überkam ihn große Müdigkeit. Und er wischte sich den Schweiß von der Stirn und hielt inne und seufzte.

Es geschah dies aber, als er sich an der Pforte eines großen weißen Hauses befand. Eine breite Ruhebank stand vor dem Tor; und als Sindbad sie sah, legte er seine Last auf die Bank und saß nieder, um zu verschnaufen. Und es tat ihm wohl, daß aus der Richtung der Pforte ein Geruch von Rosen wehte. Er lauschte und vernahm aus dem Innern des Hauses Gitarren und Saitenspiel. Es mischte sich in den zarten Klang das Gezwitscher vieler Vögel, und Sindbad, der die Tiere liebte, unterschied den Gesang der Nachtigall, das Gurren der Turteltaube und den Ruf der Drossel. Und er hörte noch andere Vogelstimmen, die er nicht kannte, und neugierig schritt er näher.

Durch das Gitter im Tor erblickte er einen herrlichen Garten, darin gab es die schönsten und seltensten Blumen und Pflanzen, auch Teiche voll goldener und silberner Fische und geräumige Umzäunungen für allerlei Getier. Bunte Vögel saßen in den Zweigen und sangen, und auf den kiesbestreuten Wegen schlugen Pfauen ihr Rad. Da sprach Sindbad bei sich: O Allah, warum leben die einen im Wohlstand und im Überfluß der Welt, während die anderen arbeiten und leiden und im Elend sind wie ich!

Und ein Vers fiel ihm ein:

Wenn ich erwache, wartet die Arbeit auf mich. Und mein Los ist Last. / Wenn der Reiche erwacht, erwartet ihn Dienstbarkeit. Und sein Los ist Lust. / Für die Reichen sind die Feste,

für die Armen das Fasten, / die einen gehen im Garten, die andern tragen Lasten.
Und er fand eine Melodie und sang diese Worte vor sich hin – und nach einiger Zeit öffnete sich die Tür und ein Sklave bat ihn, einzutreten, der Herr des Hauses begehre ihn zu sprechen. Da erstaunte Sindbad und glaubte, es müsse ein Irrtum sein, doch er folgte dem Sklaven und ging wie im Traum hinter ihm her durch den Garten, über die Treppe und durch die Vorhalle und gelangte in einen festlichen Saal, der geschmückt war mit Blumen, es standen Schalen mit Früchten und kostbaren Speisen auf dem Tisch und Getränke in Karaffen von Kristall. Auf einem erhöhten Platz saß ein Mann von ehrwürdigem Aussehen. Der Herr des Hauses bat ihn, näherzutreten und niederzusitzen und stellte ausgesuchte Speisen vor ihn hin, der Lasttrager sagte: Gelobt sei Allah! Und aß sich satt. Dann wusch er sich die Hände und dankte für die Bewirtung. Da sprach der Gastgeber: Sei willkommen und dein Tag sei gesegnet. Wie ist dein Name und Stand? Und Sindbad sagte: Oh Herr, mein Name ist Sindbad und ich bin Lastträger von Beruf.
Und der Herr des Hauses lächelte und erwiderte: So bist du mir wie ein Bruder, o Lastträger, denn auch ich heiße Sindbad, und man nennt mich den Seefahrer. Wisse, dass es meine Gewohnheit ist, Menschen, die vor meiner Tür stehen und sich erfreuen an meinem Garten, zu Gast zu bitten; und um so lieber tue ich es, wenn sie den Eindruck machen, sie seien selber nicht mit gleichen Gütern gesegnet. Wer in den Gärten des Glücks lebt, der teile aus von seinem Überfluss an seine Mitmenschen und achte sie als seine weniger glücklichen Brüder. Denn Glück ist Gnade und Geschenk, dessen wir würdig sein müssen; auch sollen wir wissen, dass Allah es uns nehmen kann über Nacht und dass vielleicht schon morgen wir es sind, die vor fremden Gärten stehen und seufzen und erfreut sind, wenn uns aufgetan wird.

Ich danke allen, die zur Entstehung dieses Projekts beigetragen haben, für die vielen guten Gespräche, für die Bereitschaft, auf meine Fragen zu antworten und von sich zu erzählen: Mohamed, Dersim, Muna, Rusel, Jusuf, Khaled, Manfred Kohrs und Abdul, Aida und Hussein, Khaled und Naja, Diyar und Dalil, Qutaiba und Barakat, Abdulrahman, Karam und Hala, Mazen, Baschar – und Sindbad dem Seefahrer und Sindbad dem Lastträger.
Ich danke Eva Hocke für die inspirierte und sorgfältige grafische Gestaltung. Ich danke Peter Albrecht für seine tatkräftige Unterstützung. Mein Dank gilt aber auch allen Sponsoren, die die Umsetzung des Projekts möglich gemacht haben:

Literaturstiftung Oberschwaben
Kulturbüro Friedrichshafen
KULTUR!RV Kulturbetrieb Landkreis Ravensburg
ULI SCHUH® Büro- und Kommunikationszentrum
Kreissparkasse Ravensburg
Stadt Ravensburg

1. Auflage 2018

osbert+spenza
Peter Albrecht
Federburgstraße 94, 88214 Ravensburg

Gestaltung, Satz: Eva Hocke, MüllerHocke
Schrift: Questa Slab
Druck: Marquart, Aulendorf
Umschlagsabbildung: Rusel, Zeichnung von Aleppo

ISBN 978-3-947941-00-1

www.osbert-spenza.de

Rachel und Rebecca